Georgia Bragg

L'affaire Matisse

Traduit de l'anglais par Francis Kerline

Neuf

l'école des loisirs

11, rue de Sèvres, Paris 6ᵉ

© 2012, l'école des loisirs, Paris, pour l'édition française
© 2009 by Georgia Bragg
Titre de l'édition originale : « Matisse on the loose »
(Delacorte Press, New York)
Loi n° 49.956 du 16 juillet 1949 sur les publications
destinées à la jeunesse : mars 2012
Dépôt légal : mars 2012
Imprimé en France par CPI Firmin Didot
à Mesnil-sur-L'Estrée (109515)

ISBN 978-2-211-20095-0

Pour Harvey, Maisy et Cody

1

Ma famille est comme le soleil. Il ne faut pas la regarder en face. Il faut la regarder à travers un petit trou dans une boîte.

Pour commencer, il y a papa avec son barbecue. C'est un objet de fabrication spéciale : deux bidons à huile soudés ensemble. Papa y a ajouté des roues avec des amortisseurs. Le truc peut contenir un cochon de trente kilos. Il le fait rouler jusque chez le boucher, à environ sept cents mètres de chez nous. Le boucher fixe un cochon sur la broche, à peu près en équilibre, et papa reconduit son engin à la maison. Il l'amène à des garden-partys, des matchs de football, des enterrements et tout ce qu'on voudra. Du moment qu'on le paie, il vient. Avec les petits drapeaux déployés qui se dressent de chaque côté de son barbecue, mon père a l'air d'une publicité ambulante pour cinglés. Quelle que soit la direction qu'il emprunte, tous les gars du quartier le repèrent, rappliquent sur le trottoir et rigolent comme des bossus.

J'évite d'être vu à proximité du barbecue de papa. Je préfère m'en tenir, autant que possible, à l'existence normale d'un garçon de onze ans et rester à l'écart des dingues avec qui je vis. Je suis prêt à sauter dans un buisson pour me cacher ou à ramper dans un conduit d'évacuation pour m'enfuir. Bon, en fait, je n'ai jamais rampé dans un conduit d'évacuation, mais j'en serais capable s'il le fallait. Un jour, j'ai sauté d'une voiture en marche. Papa poussait son barbecue dans la rue et il approchait du centre commercial où tous les copains de l'école se réunissent. Maman et moi, nous le suivions en voiture. Les gars ont commencé à se rassembler sur le trottoir comme pour regarder passer le défilé du carnaval. Donc, avant d'arriver au centre commercial, où tout le monde m'aurait vu avec lui, j'ai ouvert la portière, je me suis roulé en boule et je me suis jeté sur la chaussée. C'était moins risqué qu'il n'y paraît, parce que maman roulait à environ un demi-kilomètre à l'heure.

Aujourd'hui, papa a remis ça. Une nouvelle Miss Piggy, avec sa tête de cochonne encore attachée, venait d'être embrochée et attendait le départ. Nous allions au musée Geraldine Emmett, où maman travaille comme responsable de la sécurité, pour leur barbecue annuel de printemps.

— Eh, Matisse, va me chercher mon tablier et ma toque de cuisinier, tu veux, fiston ? m'a demandé papa.

— Ouais, d'accord.

J'ai sorti son attirail du placard et j'ai attendu dans la cuisine, pendant qu'il retirait l'antivol du barbecue enchaîné à la rambarde sur le côté de la maison. Il s'imagine que quelqu'un pourrait avoir envie de voler son horreur à roulettes.

Maman a extirpé mon petit frère de deux ans, Man Ray, de son espèce de jogging-pyjama et l'a calé sur sa hanche pour le porter. Elle m'a regardé et j'ai deviné tout de suite ce qu'elle allait me dire :

— Alors, Matisse, tu veux aider papa à pousser le barbecue ou tu viens avec moi dans la voiture ?

Elle connaissait ma réponse d'avance.

— Je viens avec toi.

Elle a hésité un moment, puis elle a soupiré :

— Tu pourrais accompagner papa pour une fois.

Et pourquoi ne pas me faire tatouer le mot « imbécile » sur le front, pendant qu'elle y était ?

— Non, je viens en voiture, ai-je insisté.

Maman s'est dirigée vers la porte, s'est arrêtée en haut des marches et a appelé ma sœur :

– Frida ! On s'en va !

J'ai suivi maman dehors et j'ai sauté sur le siège arrière avec Man Ray. Maman a klaxonné et baissé sa vitre pour crier :

– Frida ! (Tut-tut !) On va être en retard ! (Tut-tut ! Tuuut !)

Frida a écarté ses rideaux violets.

– J'arrive !

Ma sœur de quatorze ans est obsédée par le violet. Tout ce qu'elle met pour s'habiller, tout ce qu'il y a dans sa chambre est violet. Si elle pouvait, tout ce qu'elle mange serait violet aussi. Elle a fini par apparaître dans un de ces accoutrements dont elle a le secret, un assortiment de bleu lavande et de violet à faire pleurer.

Papa avait manœuvré son double barbecue jusque devant la maison. Il a rejeté la tête en arrière et a souri à maman.

– Tu es prête, Sue chérie ?

– Je suis prête, chéri.

En conduisant, maman était tout sourire. Elle roulait derrière papa, qui poussait son engin en plein milieu de la rue.

Vu que nous habitons dans une impasse, il n'y a qu'une seule direction possible pour partir de chez nous : descendre une petite pente et tourner aussitôt à gauche.

Comme toujours, une quinzaine de secondes après le départ, maman a sorti la tête par la fenêtre pour dire à papa :

— J'espère que tu n'as pas oublié ton permis de conduire.

Et, comme toujours, maman et papa se sont mis à rire, mais si fort que j'ai cru qu'ils avaient des clowns sur des petits vélos dans le cerveau.

Dans ces cas-là, je me planque pour que personne ne me voie. Je me suis penché en avant et j'ai enfoui ma tête entre mes genoux. Je n'avais pas l'intention de me rasseoir normalement avant d'être arrivé au musée. Mais, tout à coup, maman a freiné sec.

— Chéri, tu t'es fait mal ? a-t-elle crié par la fenêtre.

Au moment où je me suis redressé, maman et Frida sautaient de la voiture.

Papa était étalé sur la chaussée, une jambe repliée derrière lui.

— Zut ! a-t-il dit. Je crois que je me suis foulé la cheville.

Nous nous y sommes pris à trois pour le traîner sur le trottoir. Après avoir ôté la poussière de ses vêtements, nous l'avons aidé à monter dans la voiture. J'étais triste que papa soit blessé, mais c'était une excellente excuse pour laisser, cette fois-ci, le barbecue à la maison. Ce n'est que lorsque nous avons été tous les quatre assis sur nos sièges que nous avons vu le problème : le barbecue continuait à descendre tout seul.

Maman a écrasé le klaxon. Nous sommes arrivés à la hauteur du barbecue, nous avons crié dans tous les sens, mais il n'y avait rien à faire : impossible de l'arrêter. Pendant que l'engin brinquebalait, son couvercle s'est ouvert et la tête du cochon s'est mise à balancer de droite et de gauche. Toute rose et chauve. C'était affreux à voir. Et ça s'est gâté. Le cochon fonçait direct sur la maison des Jefferson.

Leur jardin était rempli de gamins qui fêtaient l'anniversaire des cinq ans de Johnny Jefferson. Un gros trampoline gonflable occupait presque toute la pelouse.

Les fêtards ont poussé des cris terrifiants en voyant le cochon arriver dans leur direction. M. Jefferson a réussi à écarter tout le monde du passage juste une seconde avant que trente kilos de porc cru s'écrasent contre le trampoline. Celui-ci était entouré d'une armature en grillage, si bien qu'après l'avoir percuté le cochon s'est retrouvé avec un motif à petits carreaux gravé sur sa chair rose. Il n'y a pas eu de blessés, mais je peux vous dire que la fête était finie.

Maman a enfoncé la pédale de frein et nous sommes tous descendus de la voiture – y compris papa, en sautillant sur un pied. Moi, je n'avais rien, j'avais assisté à toute la scène depuis le siège arrière.

Papa et M. Jefferson ont échangé une poignée de mains bizarre – probablement un genre de code secret de la Confrérie des pères à barbecue. M. Jefferson s'est vu promettre un beau morceau de viande pour sa peine et, tout content, a estimé que l'affaire était close.

J'ai regardé Lizzie et Toby Jefferson consoler le petit dont on avait gâché l'anniversaire. Pendant ce temps, ses copains, qui observaient le cochon en ouvrant de grands yeux, ont commencé à jouer à chat. Lizzie et Toby sont en sixième avec moi. Toby est mon meilleur ami, mais sa sœur Lizzie me trouve idiot et passe son temps à essayer de le prouver.

Quand le ramdam s'est tassé, maman a repéré que j'étais encore dans la voiture.

– Matisse !

D'un geste du bras, ce mouvement circulaire bien connu du monde entier, elle m'a fait signe d'approcher.

Je n'avais pas d'autre choix que de sortir pour la rejoindre avec Frida sur le trottoir.

— Les enfants, a-t-elle dit. Il faut remettre le cochon de papa sur cette espèce de broche et pousser le tout jusqu'au musée.

— Je peux pas, j'ai des sandales, a dit Frida en recroquevillant ses doigts de pied aux ongles violets dans ses savates violettes.

— Alors, à toi, Matisse, a dit maman.

— Pas question, maman. (Ça devait arriver : le seul truc que j'espérais ne jamais être obligé de faire.) Je refuse de trimballer cet engin dans la rue.

Maman m'a saisi par le coude.

— Ne sois pas vexant avec ton père, a-t-elle murmuré. Ce n'est qu'à quatre rues d'ici. Ça ne va pas te tuer.

— Tu en es bien sûre ? ai-je répondu en désignant le barbecue qui s'était fait la malle. Je refuse.

Elle a filé au fond du jardin, tout énervée, pour en revenir vingt secondes plus tard avec Toby sur ses pas.

« Écoute, Toby, a-t-elle dit. Tu es un grand ami de Matisse. Tu accepterais de nous aider, si nous avions besoin de toi ?

— Bien sûr.

– Alors aide Matisse à pousser le barbecue de son papa jusqu'au musée.

– Y a pas une chance sur… a commencé Toby. (Mais je lui ai filé un coup de coude et il s'est arrêté net. Impossible de savoir ce qu'il allait dire, parce qu'il lui manque le neurone qui permet de rattraper une gaffe en douceur.) Euh… (Il m'a regardé, puis il a regardé maman.) J'ai pas le temps, là tout de suite.

– Tu vois, il peut pas, ai-je dit à maman.

– Toby ! S'il te plaît, s'il te PLAÎT !

Maman était sur le point de se mettre à genoux.

– Oh, malheur ! a dit Toby. (Il voyait venir le coup. Quand ma mère vous demande de faire quelque chose, vous le faites sans discuter, avant d'avoir compris ce qui vous est tombé sur la tête.) D'accord, je vais l'aider.

– Magnifique. (Maman est retournée vers la voiture avec tout le monde.) Bon, les garçons, prenez le taureau par les cornes. Allons-y.

– Oh, oui ! Oh, mon petit gars, ça va être super ! a dit Lizzie, qui a aussitôt pivoté sur ses talons et couru vers la maison.

– T'es pas obligé de m'aider, tu sais, ai-je dit à Toby. (C'était beaucoup demander à un ami.) Si j'étais toi, je le ferais pas non plus.

— Écoute, a dit Toby, je te donne un coup de main pour remettre ce machin sur ses roues, mais c'est tout. Ma réputation est en jeu.

— Allez, qu'on en finisse.

Il nous a fallu tous nos muscles pour redresser ce paquet de lard. La peau de porc est caoutchouteuse, difficile à agripper, et le cochon nous a échappé des mains quand nous l'avons posé sur le gril qui, en plus, a glissé vers le côté. Nous avons tout de même fini par équilibrer à peu près l'animal, avons retiré les brins d'herbe qu'il avait sur le flanc et poussé le barbecue dans la rue.

M. Jefferson s'est proposé de nettoyer lui-même le trampoline au jet d'eau, si bien que nous pouvions partir immédiatement.

À peine avions-nous fait quelques pas dans la rue que maman s'est penchée par la fenêtre de la voiture :

— J'espère que vous avez vos permis de conduire, les garçons.

Et, là, nous avons entendu nos parents éclater de rire.

— Ils ont le sens de l'humour dans ta famille, on dirait, a fait Toby.

Il a lâché le barbecue graisseux et a marché derrière moi, à distance, en me laissant piloter tout seul.

Pour peu que j'oublie ce qui se passait autour de moi, si j'évitais de trop y penser, c'était en fait assez marrant de pousser ce machin ridicule au milieu de la rue. Je n'étais plus qu'à une vingtaine de mètres du musée quand j'ai entendu le déclic. Sur le moment, je n'ai pas compris ce que c'était mais, tout de suite après, j'ai vu un appareil photo dépasser d'une haie. J'ai repéré une bicyclette posée par terre juste à côté.

Clic. Clac. Lizzie est sortie de derrière la haie.

– Un petit sourire ! a-t-elle dit.

Puis elle a de nouveau pointé l'appareil sur moi. Clic. Elle a enfourché son vélo et a filé.

– Eh ! a crié Toby derrière elle.

Je ne savais pas pourquoi Lizzie me faisait toujours des trucs comme ça.

– T'as intérêt à supprimer ces photos, Toby.

– Pas de souci, m'a-t-il répondu en se lançant déjà à sa poursuite. Je récupérerai cet appareil même si je dois le faire en pleine nuit.

De toute façon, avec ou sans photos, j'étais perdu, parce que Lizzie allait raconter l'histoire à tout le monde. S'il y a une chose que personne n'ignorait, c'était bien ça : Lizzie était une cafteuse.

2

L'équipe de traiteurs de papa nous attendait près des bancs de pique-nique dans le petit parc du musée. J'ai salué la compagnie, j'ai calé le barbecue sous l'enseigne de papa et j'ai déguerpi aussi vite que j'ai pu.

VIANDE CUITE
NOCES ET BANQUETS
VOUS ATTRAPEZ LA BÊTE,
NOUS LA CUISONS

Quarante gardiens étaient venus en famille pour le pique-nique. Comme maman était chef de la sécurité, c'était elle qui avait tout planifié et supervisé.

Elle s'est précipitée vers l'espèce de petit kiosque ou pergola (il paraît qu'on appelle ça une gloriette) qui se trouvait au milieu de la pelouse et a pris le micro.

— Que la fête commence, a-t-elle dit d'une voix chantante. Mon mari, Bob, et son équipe de traiteurs «Viande cuite» préparent du cochon pour nous. Le loto artistique va commencer dans dix minutes, puis ce sera le concours Picasso. Mon fils Matisse…

Elle m'a repéré dans la foule et m'a montré du doigt ; tout le monde s'est tourné vers moi.

Je connaissais chacun de ceux qui me regardaient. Il faut dire que, depuis cinq ans, j'allais chaque jour au musée après l'école pour peindre. Je copiais les tableaux accrochés aux murs.

Maman a penché la tête de côté et un grand sourire a illuminé son visage.

— J'ai organisé une exposition en plein air des tableaux que Matisse a peints d'après les chefs-d'œuvre de notre musée. Il est loin d'avoir copié les trois cent cinquante toiles de la collection Geraldine Emmett, mais il essaie.

Maman place de grands espoirs artistiques en moi. Elle avait d'abord cru en Frida, mais maintenant Frida fait une fixette sur le violet. Maman veut que l'un de ses enfants au moins soit un artiste. Si j'échoue, elle aura encore une chance avec Man Ray.

Je voudrais voir mes propres tableaux exposés au musée un jour. J'aime peindre mais, jusqu'ici, je me suis limité à copier les toiles des autres. Je cherche des idées originales, mais plus je me promène dans le musée, plus j'ai l'impression que toutes les idées ont été déjà été trouvées et parfaitement exploitées par quelqu'un d'autre.

Maman a reporté son attention sur la fumée qui s'élevait du barbecue de papa.

J'en ai profité pour aller faire un tour sous les arbres, tout près de la zone de pique-nique. Par terre, il y avait toutes sortes de glands, de taille et de forme différentes. J'en ai ramassé quelques-uns, que j'ai mis dans mes poches. Il y avait aussi des grappes de baies rouge vif. Pour m'amuser, j'ai écrasé les baies avec un caillou et j'ai répandu la pulpe rouge sur un carré de terre de manière à représenter les flammes d'un feu. Puis j'ai broyé quelques feuilles sèches, que j'ai semées pour écrire les lettres SOS sur mes flammes. Avec un bâton, j'ai dessiné un cochon qui s'enfuyait du feu. Ensuite, je me suis dessiné moi-même, à cali-fourchon sur le cochon, brandissant un drapeau blanc en signe de reddition. Le drapeau blanc était un emballage de chewing-gum. Je me suis servi de quatre glands pour les yeux et j'ai gardé les autres pour les emporter à la maison. J'ai reculé afin d'admirer ma création.

M. Kramer, l'un des gardiens qui travaillent pour maman, s'est approché.

— Eh, Matisse !

Il ne regardait sûrement pas où il mettait les pieds, parce qu'il a marché en plein dans mon œuvre d'art.

— Monsieur Kramer, vous...

Je lui ai montré qu'il avait le pied sur mon SOS, mais il ne devait pas m'entendre, il continuait à racler ses semelles sur les lettres tout en parlant.

— Matisse, je voulais te dire que j'aime beaucoup tes tableaux. (Là, il a carrément écrasé le bonhomme dessiné sur le cochon, c'est-à-dire moi.) Tes copies sont aussi bonnes que les originaux.

— Merci.

— Mais je me demandais... est-ce qu'il t'arrive de créer par toi-même ?

— Que voulez-vous dire ?

— Est-ce que tu t'inspires parfois de ta propre vie ?

— Eh bien...

J'ai regardé le sol, puis ma famille. Maman soufflait dans le tuyau du réservoir à hélium, papa sautillait sur un pied, Frida déracinait une fleur violette et Man Ray venait de manger un truc qu'il avait retiré de son oreille.

— Non, jamais.

3

Les odeurs de cuisine, le lendemain, ont confirmé mes craintes. Nous aurions des restes de cochon toute la semaine pour le repas.

Papa avait le nez au-dessus d'une poêle à frire et reniflait en remuant la popote avec une cuillère en bois. Sa cheville foulée n'était pas belle à voir, on avait l'impression qu'il avait marché sur une pompe à vélo barbouillée de craie marron et vert pomme. On se demandait comment il arrivait à tenir debout.

Man Ray avait un stéthoscope (un jouet, bien sûr) autour du cou et, assis par terre à côté de papa, il essayait d'ausculter sa cheville. « Ouh là, là, papa », disait-il. Tous les bandages de la maison étaient à ses pieds.

— Man Ray est mon médecin, a dit papa en lui tapotant la tête.

Maman, en tenue de travail, était devant la table de la cuisine. Elle porte des vêtements tout noirs et des chaussures spéciales antibruit — comme celles des infirmières, sauf qu'elles sont noires aussi, pour être assorties à sa tenue de chef des gardiens. Son café lui avait donné du tonus et elle cochait des cases à toute allure sur son planning professionnel d'un mètre carré.

— Matisse est enfin arrivé, a-t-elle dit, avant de reporter son attention sur son emploi du temps.

Elle ne parlait pas de moi. Elle parlait du grand peintre Henri Matisse, qui allait faire l'objet d'une exposition dans notre musée.

— Matisse, j'espère que tu as faim, a dit papa.

— J'ai toujours faim.

Parfois, j'avais seulement envie d'un sandwich au beurre de cacahuète et à la confiture, mais ça ne cadrait pas avec les habitudes gastronomiques de la maison.

— C'est pour ça qu'on a des enfants, a dit papa. Ils sont affamés dès la naissance et ça ne s'arrange jamais.

Papa et maman ont éclaté de rire, ce rire bizarre, typique des parents.

Frida a déboulé dans la pièce et a planté devant moi son devoir de maths et un crayon.

— Salut. Exercice numéro quatre, numéro dix et douze, s'il te plaît.

Frida me donnait tout le temps ses problèmes de géométrie. C'était moi qui traçais les angles et les figures pour qu'elle voie ce que ses professeurs lui demandaient. J'aimais bien l'aider. Mais, la veille au soir, ses copines et elle avaient décidé de changer de look.

— Je ne t'aiderai pas tant que tu n'auras pas enlevé cette teinture violette de tes cheveux.

— Il faut trois mois pour que ça disparaisse.

— Tu ne peux pas avoir le même look que tout le monde ?

— Alors là, Matisse, tu me fais pitié. Ressembler à tout le monde, c'est ringard, a dit Frida. Je suis moi-même. Et toi, tu es qui ?

— Ça suffit ! a dit papa en apportant, à cloche-pied, deux assiettes pleines sur la table. Taisez-vous et mangez.

— Je ne peux pas manger dans la même pièce qu'une fille aux cheveux violets.

— Arrête ! a répliqué maman. Frida, je trouve que le violet te va mieux que le châtain. (Elle a enroulé son planning et l'a attaché avec un élastique.) Matisse, pose ça près de la porte. Frida, aide Man Ray à monter sur sa chaise.

Papa et maman se comportaient comme si la teinture, genre couleur Smarties, de Frida ne les gênait pas. Ils avaient de la chance que je n'aie pas l'intention de faire pareil avec mes cheveux.

Nous avons mangé en silence pendant quelques minutes la création culinaire de papa, en guise de petit déjeuner. Nous formons un comité de dégustation pour ses affaires et son nouveau livre, *Le Maestro de la viande cuite*.

– Je fais des expériences avec les restes de porc. Miam-miam ou pas miam-miam ? a-t-il demandé.

– Oh, miam-miam-miam-miam, chéri, a répondu maman en souriant.

Puis elle a regardé sa montre.

– Non. Non. Non, a dit Man Ray.

Ça ressemblait à du poulet, mais avec un drôle d'arrière-goût, comme un cochon qui aurait parlé une langue étrangère. Ce qui m'embêtait, c'était la sauce.

– Tu as mis ça dans mon déjeuner à emporter ? j'ai demandé.

– Absolument.

C'était déjà arrivé que de la sauce dégouline de mon sac à dos à l'école. Il n'y a rien de tel pour attirer une procession de fourmis jusqu'au fond de la classe. Et c'est un truc que les copains n'oublient jamais.

Frida a les mêmes goûts que la clientèle de papa. Alors, évidemment, il s'intéresse beaucoup à son opinion. Pour attirer notre attention, elle a fait son chiqué habituel en mâchant longuement une bouchée.

– Hum… hum. (Gloups.) C'est bon, mais ça laisse une espèce de pellicule sur le palais. C'est un peu… grumeleux. (Elle a reposé sa fourchette.) Désolée, papa.

Papa est connu pour sa cuisine roborative : rugueuse, croustillante, consistante… jamais grumeleuse. C'est un adepte de la pâte à frire, de la sauce pour barbecue, du sel et des grosses portions.

– Retour au boucher, a-t-il déclaré.

Maman a repoussé sa chaise en arrière et emporté son assiette vers l'évier en disant :

– Désolée, mais le temps presse. Il y a comme un cauchemar logistique en préparation au musée. Il faut réactualiser le système de sécurité et j'ai vingt-six visites scolaires à organiser. (Elle m'a regardé d'un air de dire : « Génial, non ? »). Et l'exposition Henri Matisse commence aujourd'hui. Ouais. (Elle a rassemblé ses affaires, fait une bise à papa et pris Man Ray dans ses bras.) Rendez-vous à la voiture.

— Matisse, Frida, ne faites pas attendre votre mère, a dit papa. Débarrassez la table et n'oubliez pas d'emporter votre déjeuner.

Maman s'est arrêtée en chemin pour déposer Man Ray à la crèche. Avant d'arriver à mon école, j'ai glissé en douce mon déjeuner dégoulinant sur le sol devant le siège arrière et je l'ai caché sous une carte routière et une boîte de mouchoirs en papier. Je pourrais demander à Toby de partager son repas avec moi. J'espérais que ce ne serait pas du porc aux haricots rouges.

4

Toby s'était endormi accidentellement au lieu de détruire les photos de moi dans l'appareil de Lizzie, comme promis. Donc, avant les cours, il a fallu que je recherche toutes les photos qu'elle avait imprimées et collées un peu partout dans l'école.

Ces images étaient la preuve que j'avais poussé le barbecue de papa, mais le pire, c'était mon sourire d'amateur de cochon.

J'ai rejoint Toby au fond du hall. Nous avions trouvé dix-neuf photos.

— Dix-neuf, c'est pas un compte rond, ai-je dit.

— Ouais, a dit Toby. Il doit y en avoir une autre quelque part pour faire vingt, ou six autres pour faire vingt-cinq, ou…

— On a vérifié partout, hein ?

— Pas dans les toilettes des filles. Il peut y en avoir une là, ou six, ou…

— D'accord, d'accord. (J'ai déchiré les dix-neuf photos en mille morceaux, que j'ai cachés dans mon sac à dos.) Ta sœur est une peste.

— Et encore, c'est rien, ça. Mets-toi à ma place. Voir sa tête tous les jours et être obligé de lui prêter tous les jouets que tu as eus depuis le jour où tu es né.

— Pourquoi elle me torture ?

— Tu sais bien pourquoi.

Quand j'avais six ans et demi, j'ai écrit un poème à Lizzie pour lui demander de m'épouser. Elle m'a répondu oui. À neuf ans, je lui ai dit que j'avais changé d'avis.

— Tout le monde peut commettre une erreur une fois dans sa vie, non ?

— Les filles ne guérissent jamais de leur premier amour, a dit Toby.

— C'est affreux, j'espère que tu te trompes.

Nous avons retraversé le hall pour gagner la salle de classe. Mlle Knuckles rédigeait des questions sur le tableau blanc et les élèves sortaient leurs cahiers. Jusque-là, c'était un lundi matin normal. Et puis Lizzie a fait une entrée théâtrale.

— La numéro 20 vient d'arriver, a dit Toby, qui était deux rangs derrière moi.

Lizzie s'est pavanée devant toute la classe en bombant le torse, les mains sur les hanches. Elle se prenait pour Superwoman. La vingtième photo était agrafée sur le devant de son tee-shirt. Je devais être la personne qu'elle haïssait le plus au monde. Mon sourire idiot était en plein milieu de sa poitrine.

Toute la classe a rigolé en voyant ça.

C'est à ce moment-là que je suis devenu un membre de ma propre famille.

Mlle Knuckles s'est retournée.

— Silence, s'il vous plaît. Lizzie, assieds-toi.

Mlle Knuckles a pris une règle, qu'elle a pointée au centre de la carte des États-Unis punaisée sur le mur, puis elle a tapoté du doigt la première question sur le tableau : « Quel est l'État le plus grand ? »

Je me suis tassé sur ma chaise et j'ai à peine entendu les autres questions que Mlle Knuckles s'est mise à lire : « Combien d'États sont arrosés par le fleuve Colorado ? Quels sont les différents fuseaux horaires ? »

Pendant qu'elle parlait, les élèves échangeaient des messages au sujet du tee-shirt de Lizzie. Et, de mon côté, je cherchais des arguments pour me faire dispenser d'école, expliquer à Mlle Knuckles que les cours par correspondance étaient mieux adaptés à mon cas, par exemple.

La cloche de la récréation a enfin sonné et tout le monde est sorti. Mais Mlle Knuckles m'a demandé de rester après la classe.

— Matisse, a-t-elle dit, je sais que tu copies des œuvres d'art au musée. Et ça te plaît, n'est-ce pas ?

— Euh, ouais.

J'essayais d'avoir l'air malade pour qu'elle me laisse rentrer à la maison.

— Alors voilà, la photocopieuse est en panne et l'imprimante de l'école a été réservée par d'autres professeurs pour plusieurs heures. Est-ce que tu pourrais dessiner quatorze exemplaires de cette carte ? La moitié de la classe n'en a pas. (Elle m'a montré une carte des États-Unis muette, c'est-à-dire sans les noms des différents États.) Tu peux la décalquer ou… faire comme tu veux, pour que chacun puisse…

Je ne lui ai pas laissé le temps de finir.

— D'accord, mais je ne peux pas travailler ici. Il faut que j'aille ailleurs.

— Bien, emporte tes affaires.

Elle a déverrouillé la porte derrière son bureau. La porte ouvrait sur une salle qu'elle partageait avec trois autres enseignants pour des réunions et diverses fournitures. Elle a repoussé sur un côté de la table un volcan en plastique, des boîtes de trombones et des paquets de craies. Elle a posé devant moi une pile de feuilles de papier et a déniché dans un tiroir un assortiment de crayons de couleur et de stylos.

– Prends ton temps. C'est très gentil de ta part.

Elle a souri et quitté la salle.

C'était facile de recopier la carte. J'en ai décalqué quelques-unes et j'en ai dessiné d'autres à main levée. J'en ai même dessiné deux de mémoire, en cachant le modèle. J'ai fini assez vite, en fait, mais je n'avais pas du tout envie de retourner en classe. Alors, pour traîner, je me suis amusé à colorier les États sur quelques cartes. Et puis j'ai fait une carte supplémentaire très, très lentement. Je me suis bien appliqué, j'ai mis des couleurs et j'ai découpé les États avec des ciseaux. En comptant les îles Hawaii et l'Alaska, il y avait plus de cinquante morceaux de papier colorié sur la table. Je pouvais les disposer de plusieurs façons, j'ai choisi une méthode et je les ai collés sur une nouvelle feuille. Je les ai rangés par ordre de taille, du plus petit au plus grand, en spirale, comme une coquille d'escargot ou une photo de galaxie. J'ai soufflé dessus pour faire sécher la colle.

Mlle Knuckles a passé la tête par la porte.

– Tu as fini ? Tu as déjà manqué les maths.

— Terminé.

J'ai caché la carte en spirale à côté de moi. On ne sait jamais : elle était capable de piquer une colère parce que je m'étais servi du matériel de l'école pour la réaliser.

— Merci beaucoup. (Elle s'est mise à regarder les cartes.) Belles couleurs. Qu'est-ce que tu as dans la main ?

— Euh, rien.

— Montre-moi. (Elle m'a pris ma carte en spirale.) Oh ! là, là, Matisse. Eh bien, dis donc !

— J'ai utilisé vos ciseaux et votre colle. Désolé.

— Tu es vraiment créatif. C'est… c'est tellement toi.

Elle m'a rendu la carte.

— Ce n'est pas moi. C'était juste pour m'amuser.

— Retourne en classe.

Je voulais rester dans le bureau jusqu'à midi. C'était raté.

— Regardez ces cartes de toutes les couleurs que Matisse a faites, a-t-elle dit en regagnant la classe avec moi. (Elle les a levées au-dessus de sa tête.) Montre-leur la dernière aussi, Matisse.

— Elle est à part.

— Elle est magnifique. Montre-la.

À mon tour, j'ai levé au-dessus de ma tête la carte que j'avais réalisée pour moi tout seul, en principe.

Silence dans la classe.

— Dans une galaxie très, très lointaine, a dit quelqu'un.

Et on a entendu la musique de *La Quatrième Dimension* : « Dou dou dou dou, dou dou dou dou. »

— C'est la carte d'un maboul ! a crié un autre.

Tout le monde a rigolé.

— Ça suffit, a dit Mlle Knuckles.

— Il faudrait l'accrocher dans… a commencé Lizzie.

— Dans un musée, a dit Toby pour l'empêcher de finir sa phrase. C'est ce que veut Matisse.

J'ai lancé un regard furieux à Toby.

— Je peux la mettre dans la vitrine à côté du goupillon en forme d'atome de Jenny ? a demandé Lizzie. (Elle dirigeait le comité de décoration de l'école.)

— Non.

Je ne voulais pas que ma carte soit exposée quelque part. Je l'avais faite pour m'amuser et passer le temps.

Dring ! La cloche de midi a sonné.

J'ai attendu que tout le monde soit sorti, sauf Toby.

— Pourquoi tu as dit que je voulais voir mes œuvres dans un musée ? C'est un secret !

— Désolé. Je l'ai trouvée bien, ta carte. Chacun sait que tu es plus artistique que nous tous.

Toby n'avait pas tort. J'étais « artistique », mais pas forcément dans le bon sens du terme.

— Je suis tellement loin de… je devrais renoncer.

— Non, ne renonce pas, mais, de temps en temps, tu pourrais venir au parc avec moi pour jouer au base-ball au lieu d'aller au musée.

— Je n'aime pas les jeux de balle ou de ballon et, de toute façon, je suis nul.

— Nous aussi. Ça ne nous empêche pas de jouer, a répondu Toby.

5

Après l'école, j'ai fait un détour par le parc. Je n'ai pas vu Toby, mais je me suis dit que ça devait être sympa de jouer quelquefois en plein air. J'allais devoir avertir maman que je laissais tomber le musée et que j'avais besoin de crampons, d'un gant ou d'une batte.

Une immense banderole avec la signature d'Henri Matisse était suspendue au-dessus des portes du musée. Il y avait une foule d'amateurs d'art parce que c'était le premier jour de la nouvelle exposition.

M. Carter gardait l'entrée principale.

– Tape-moi dans la main, a-t-il dit quand je suis arrivé en haut des marches. Ta maman t'attend.

– Salut !

Je lui ai tapé dans la main et je suis entré. Les gens faisaient la queue pour acheter des billets. J'ai dépassé tout le monde pour aller chercher mon badge de l'autre côté du guichet. En me penchant par-dessus le comptoir, j'ai vu une chose à cheveux blanc bleuâtre. C'était Prudence, la vieille dame qui était toujours volontaire pour tout, accroupie sur le sol. Quand elle n'était pas en train d'aider les autres, c'était nous qui l'aidions.

— Bon sang, a dit Prudence. J'ai les genoux bloqués.

J'ai contourné le guichet et j'ai aidé Prudence à se relever, en la tenant par les coudes. Ses genoux ont craqué.

— Tu peux me passer ces brochures sur Henri Matisse ? a-t-elle demandé. Ils en veulent tous, aujourd'hui ; pourvu que nous en ayons suffisamment.

Je lui ai donné les brochures, puis j'ai pris mon badge dans le tiroir du haut.

— Matisse, aide-moi à m'asseoir.

Prudence a tendu les bras et attrapé mes mains. J'ai calé mon pied contre ses solides chaussures à lacets et je l'ai laissée se poser en douceur sur son siège, au ralenti, comme dans une station spatiale.

— Tu as vu ta mère ? a-t-elle demandé.

— Pas encore.

— Tu dois laisser tes affaires dans le bureau et te

rendre en vitesse dans la galerie Est. Tu feras tes devoirs plus tard.

Voilà comment Prudence m'a expédié.

Le bureau de maman est à côté du guichet. Sur la porte, il est écrit RÉSERVÉ AU PERSONNEL DE SÉCURITÉ, mais j'ai le droit d'entrer. C'est le poste de commandement du musée. Les membres du personnel y passent avant d'emporter leurs affaires dans le vestiaire des gardiens, à l'arrière du bâtiment. Ils consultent les messages affichés sur un long mur couvert de listes et d'emplois du temps.

— Bonjour! a dit Mlle Whitsit quand je suis entré.

Elle était en train de disposer des fascicules reproduisant le Plan général des installations de sécurité sur la table de conférence au milieu de la pièce. Des plans quadrillés et plastifiés du sol, des conduits d'aération et des circuits électriques étaient posés sur le côté.

— Nous avons une organisation digne des Nations unies, tu vois. Tu dois être impatient de découvrir l'exposition Henri Matisse.

— Euh, oui, bien sûr.

Le bureau de maman est tout au fond, derrière la paroi vitrée qui donne sur la Salle des opérations.

Cette salle est toujours fermée, il faut une clé spéciale pour y entrer. J'ai frappé à la vitre.

Trois gardiens, à l'intérieur de la salle, assis devant les écrans de vidéosurveillance et la console de commande des alarmes, se sont tournés vers moi et m'ont fait signe.

J'ai déposé mon sac à dos sous le bureau de maman. Comme Toby ne m'avait passé qu'une pomme et quelques biscuits aux figues pour déjeuner, je crevais de faim. Je suis allé voir ce qu'il y avait dans la boutique du musée située de l'autre côté du couloir central. Aujourd'hui, ils vendaient des barres chocolatées minuscules dans des emballages illustrés de tableaux de Picasso. J'en ai pris quatre, que j'ai montrées à M. Mulligan.

M. Mulligan était occupé derrière la caisse, il aidait un client.

— Bien, m'a-t-il dit. Je mets ça sur ta note.

Dans le hall central, j'ai pris la première à droite. C'était plus fréquenté que d'habitude et tout le monde tenait une brochure Matisse à la main. Maman était tout au bout du couloir.

Quand elle m'a repéré, elle a levé les bras au ciel et les a maintenus dans cette position jusqu'à ce qu'elle m'ait rejoint.

– Matisse. Oh ! là, là !

Elle m'a empoigné par les épaules, a orienté mon corps en direction de la galerie Est et nous avons commencé à marcher.

– Matisse, attends d'avoir vu ça… Oh ! là, là !

J'avais prévu de dire à maman que j'avais l'intention d'aller jouer dans le parc aussitôt après avoir regardé la nouvelle exposition.

– Ferme les yeux, a-t-elle dit.

– Pourquoi ?

– Pour le plaisir. Je te guiderai. Ferme les yeux.

Elle a remis les mains sur mes épaules pour me piloter. Ce n'est pas facile de marcher vite avec les yeux fermés, mais je me suis laissé faire. Nous zigzaguions entre les visiteurs et mes semelles en caoutchouc crissaient sur le sol en marbre. Quand nous sommes arrivés dans la salle des Matisse, j'ai senti que les gens autour de nous étaient plus nombreux. Nous étions obligés de faire des pas plus petits. Finalement, nous nous sommes arrêtés et elle m'a lâché.

– Tu peux ouvrir les yeux maintenant.

Il y avait un tableau d'Henri Matisse juste en face de moi. Un assortiment de couleurs vives s'offrait à ma vue. Nous n'avions jamais eu un authentique Henri Matisse dans notre musée. La salle était pleine de tableaux multicolores. J'en connaissais plusieurs, il y avait des reproductions en poster dans ma chambre, dans les livres d'art sur notre table basse et dans les albums à colorier qu'on m'avait offerts quand j'étais petit. Le type dont tout le monde me parle : lui. Moi. Matisse.

Maman s'intéressait à un tableau à côté de moi. Les tableaux, elle ne se contente jamais de les regarder. Elle met le nez dessus et elle commence à reculer lentement, en gardant les yeux fixés sur le centre. Puis, tout à coup, elle s'arrête, reste dans cette position et, au bout d'un moment — on ne sait jamais quand ça va se produire —, elle dit : « Quel choc ! » Et c'est fini.

Maman était sur un petit nuage.

— Matisse, a-t-elle dit. Oh, Matisse ! (Elle a joint les mains comme pour prier et a tourné ses yeux rêveurs vers moi.) Ces toiles viennent de la collection du propre fils d'Henri Matisse, Pierre. Et la collection privée de Pierre est époustouflante. Henri Matisse est l'homme à qui je pensais quand tu es né.

— Maman, c'est dégoûtant.

— Après ton père, bien sûr, je veux dire.

À nouveau, elle m'a empoigné par les épaules et nous nous sommes remis à marcher, en nous arrêtant devant chaque tableau. Notre destination finale dans la salle était mon chevalet portatif, qu'elle avait déjà installé sur le côté, avec mes couleurs et mes pinceaux. Une toile blanche était posée dessus.

– Je suis impatiente, a dit maman.

J'ai regardé autour de nous.

– Tu veux peindre ? a-t-elle demandé.

Elle ne pouvait pas savoir que j'avais prévu d'aller jouer dans le parc. Mais, en regardant les toiles d'Henri Matisse, j'ai eu envie de rester au musée. Avec un prénom comme le mien, j'avais une réputation à défendre et ça n'allait pas être facile. Ses tableaux étaient à la fois simples et compliqués. Heureusement, presque toute son œuvre semblait avoir été peinte par un enfant. Et, en plus, je m'étais exercé pour ça toute ma vie.

Maman a regardé sa montre.

– J'ai un rendez-vous. Le dernier avant le grand remaniement du système d'alarme qui aura lieu ce soir. (Elle m'a souri.) Alors… tu veux peindre ?

Il y avait une seule réponse que maman voulait entendre. J'ai pris un pinceau et j'ai dit :

– Je suis prêt.

6

J'ai laissé tomber provisoirement mes projets de parc et, pendant deux semaines, j'ai peint des Matisse au musée. D'abord je finissais mes devoirs de classe dans le bureau de maman, ensuite j'allais peindre. Tous les jours, au moment où je m'y mettais, il me restait deux heures avant la fermeture. Il y avait moins de monde au musée et je ne dérangeais personne. Chaque soir, en partant, je saluais avec maman les ouvriers qui installaient le nouveau système d'alarme. Ils travaillaient la nuit parce que, dans la journée, le musée était ouvert aux visiteurs.

Maman venait me voir tous les après-midi dans la salle des Matisse. Elle me tapotait le bras et disait :

— Ce sont les meilleures copies que tu aies jamais faites. Je ne me suis pas trompée en choisissant ton prénom, hein ?

Elle emportait toutes mes peintures à la maison

et les accrochait dans la minigalerie qu'elle avait installée chez nous.

Je copiais les tableaux l'un après l'autre, en progressant dans le sens des aiguilles d'une montre.

J'étais en train de peindre le *Portrait de Pierre Matisse*. Il représente un enfant, le fils de Matisse, Pierre. C'est plutôt une esquisse à l'huile qu'une peinture achevée et elle n'était même pas sous verre.

À part le ridicule truc rose qu'il avait sur la tête – je ne porterais jamais ça –, Pierre me ressemblait un peu. Nos cheveux sont de la même couleur, nous avons tous les deux des billes noires à la place des yeux et il devait être en sixième, comme moi.

J'ai copié le *Portrait de Pierre*, mais je n'étais pas content du résultat, alors je lui ai ajouté des lunettes et une moustache pour rigoler. J'ai recommencé sur une toile neuve, mais ce n'était toujours pas satisfaisant. Cette fois, je lui ai mis un bandeau sur l'œil et je lui ai fait les dents en avant.

Mon *Portrait de Pierre* suivant était réussi. Les deux premiers m'avaient servi d'exercice, le troisième a donc été plus facile. J'ai eu l'impression que le tableau se peignait tout seul. Tout était juste : les couleurs, l'épaisseur de la peinture, le sens des coups de pinceaux et le regard de Pierre.

M. Snailby, le gardien posté à l'entrée de la salle, l'a remarqué.

— C'est parfait, m'a-t-il dit.

Nous étions en train d'admirer tous les deux mon œuvre quand maman est entrée en coup de vent.

Elle nous a entraînés un peu l'écart, M. Snailby et moi, pour nous parler confidentiellement :

— Le nouveau système d'alarme ne fonctionne pas. Ils ont commis des erreurs de branchement dans la galerie Ouest la nuit dernière et il y a eu un court-circuit. Tous les voyants lumineux sur la console sont éteints. Pas de vidéo… rien. Les tableaux ne sont pas protégés. Alerte rouge. N'importe qui pourrait entrer ici et décrocher un tableau… On ne s'en apercevrait même pas. (Maman ne respirait plus. Elle jetait des regards autour d'elle comme une espionne.) Monsieur Snailby, vous connaissez le circuit électrique mieux que personne. Venez avec moi. Toi, Matisse, tu restes ici. Je te confie la garde de cette salle. (Elle a pointé tous ses doigts vers moi, comme pour me jeter un sort, puis elle a désigné toutes les toiles de Matisse sur les murs.) Ces œuvres sont sous ta responsabilité.

Elle a fait le tour de la salle pour dire aux gens que le musée allait fermer et elle les a poussés vers la porte avec M. Snailby.

Je me suis retrouvé tout seul. C'était la première fois que j'étais là sans gardien et sans visiteurs.

Les petits voyants rouges sous les caméras de sécurité dans les coins opposés de la salle étaient éteints. J'étais vraiment seul. Personne ne pouvait me voir.

Je sais que je n'aurais pas dû faire ça. C'était mal. Mais j'ai franchi la ligne de ruban adhésif sur le sol devant le *Portrait de Pierre*. Quand on fait ça, en principe, un gardien dit : «Vous êtes trop près, reculez.» Seulement voilà, vu de très près, un tableau est beaucoup plus intéressant à regarder. Une chance pareille ne se représenterait pas de sitôt. J'avais pratiquement le nez dessus, j'avais l'impression que les couleurs pénétraient en moi. En tout cas, un drôle de bruit est sorti de ma gorge.

Le rayon de détection de mouvement, qui d'habitude brille au plafond, était éteint aussi.

Alors, j'ai fait quelque chose de vraiment mal. J'ai tendu la main… et touché le cadre. Si l'alarme avait fonctionné, elle se serait déclenchée et quelqu'un serait arrivé pour me plaquer au sol.

J'ai eu envie de faire autre chose encore. Pire. Complètement stupide. J'en étais malade, rien que d'y penser. Mais ça ne m'a pas arrêté. J'ai saisi le cadre à deux mains et j'ai décroché le *Portrait de Pierre* du mur.

Pendant que j'étais là, debout, avec le tableau dans les mains, toutes sortes d'autres bruits sont sortis de ma gorge et j'ai éprouvé une sensation bizarre, comme si une lampe faisait fondre la peau de ma nuque.

Ce que j'ai fait ensuite était carrément idiot… et surtout illégal. J'ai retourné le tableau. La toile était maintenue dans le cadre par des espèces de petits clous plantés sur les quatre côtés. Ils étaient très faciles à retirer. Ça m'a étonné. J'ai agi comme un robot, comme si j'étais télécommandé. Comment pouvais-je faire ça ? C'était incroyable. J'ai sorti le chef-d'œuvre de son cadre et je l'ai posé contre le mur. J'ai pris mon faux *Portrait de Pierre* et je l'ai fixé dans le cadre. J'ai remis quelques clous en place pour le faire tenir un instant, juste le temps de le regarder, et j'ai fourré les autres clous dans ma poche pour ne pas les perdre.

J'ai raccroché le cadre sur le mur, avec ma toile dedans. Et voilà, j'avais devant les yeux un tableau peint par moi-même, exposé dans un musée. Ça me coupait le souffle, toute ma figure me picotait, mais ça valait le coup.

Il était vraiment, vraiment bien.

Quel autre gars de ma classe était capable d'en faire autant ?

Personne. Tout simplement.

7

J'ai entendu des bruits de pas dans le couloir. J'ai voulu décrocher le tableau mais, avant que j'aie pu faire quoi que ce soit, un groupe de visiteurs guidés par Prudence est entré dans la salle.

— Oh! a fait l'un des visiteurs.

J'ai baissé les mains et j'ai serré mon jean dans mes poings. Je ne me suis pas retourné. Le chef-d'œuvre était posé par terre. Je sentais le groupe approcher derrière moi.

Prudence m'a fait pivoter sur moi-même et a regardé mon badge de très près. Elle avait pratiquement les yeux dessus.

— Qui est-ce?

— C'est moi, Matisse.

— Ah, salut l'artiste, a-t-elle dit.

Pendant que le groupe se rassemblait en cercle, j'ai soulevé le tableau ancien du bout des doigts, en essayant de ne pas le laisser tomber. Puis je l'ai placé sur mon chevalet et je me suis assis sur mon tabouret.

Prudence a collé le nez contre le petit panonceau placardé sur le mur pour pouvoir lire à haute voix ce qui était écrit :

— *Portrait de Pierre Matisse*, par Henri Matisse.

Puis elle s'est reculée de quelques pas et a commencé son discours :

— C'est un portrait du fils de Matisse, Pierre. Matisse n'a pris son fils Pierre comme modèle que pour deux autres toiles.

Tout le monde s'est concentré sur le tableau. J'étais sûr que les amateurs d'art allaient deviner ce que j'avais fait et me clouer au sol.

— Et je peux vous assurer que Pierre est aujourd'hui encore un doux rêveur de quatre-vingt-six printemps, toujours dans la lune.

Le groupe s'est mis à rigoler avec Prudence. Je me suis dit que, si mon faux tableau tombait du cadre et cognait le tibia de quelqu'un, ils rigoleraient peut-être moins.

Ils ont admiré mon œuvre en souriant, en penchant la tête de côté, en plissant les yeux. Moi, je transpirais de trouille.

— Il a l'air encore plus beau que la dernière fois que je l'ai vu, a dit Prudence. Ces couleurs et cette émotion rendent magnifiquement l'amour que l'artiste avait pour son fils. Approchez-vous et observez la qualité des coups de pinceau.

Chacun a examiné ma copie de près. J'avais le front en sueur. Qu'est-ce qui se passait ? J'avais l'impression qu'ils aimaient mon tableau autant que l'original.

Apparemment, personne ne s'apercevait que cette toile avait été peinte par un enfant. Comment était-ce possible ? Je me suis essuyé la figure dans ma manche de chemise et j'ai commencé à me calmer. En fait, c'était plutôt cool de voir ces gens admirer mon œuvre. Je les avais complètement roulés. J'ai étendu les jambes et je me suis penché en arrière, les mains derrière la tête.

Tous les muscles de mon visage souriaient, toutes mes dents étaient de sortie quand une femme du groupe m'a montré du doigt en disant :

— Ce garçon. Il a le même tee-shirt que le garçon sur le tableau.

Qu'est-ce qu'elle racontait ? J'ai aussitôt regardé mon tee-shirt. Punaise ! Elle avait raison : je portais un tee-shirt rayé, exactement comme celui de Pierre. Aïe ! Quand j'ai relevé les yeux, tous les visages étaient tournés vers moi. J'ai pincé les lèvres et je me suis remis à transpirer de partout.

– Il s'appelle Matisse, a dit Prudence. N'est-ce pas une jolie coïncidence ? Les œuvres de ce Matisse-là seront accrochées dans un musée aussi, un jour. (Elle m'a souri.) Tu ne crois pas, Matisse ?

J'ai ramené mes bras en avant et j'ai fait semblant de tousser dans mon poing.

– C'est drôle que vous disiez ça…

Prudence s'est penchée par-dessus ma tête pour voir ce qu'il y avait sur mon chevalet. J'ai été obligé de me plier en deux pour qu'elle puisse approcher ses yeux du tableau.

– Oh, très joli, a-t-elle. Venez voir, vous tous. Ce garçon plein de talent copie les tableaux que nous avons dans le musée. Regardons-le travailler.

Le groupe de visiteurs s'est massé derrière mon chevalet, sur lequel était posé le vrai Matisse.

– Montre-nous comment tu peins, a dit Prudence.

En un éclair, je me suis vu ligoté sur le capot d'une voiture de police.

– Euh… une autre fois, peut-être. Celui-ci est fini.

J'essayais de paraître détendu.

— Il y a sûrement quelque chose que tu peux ajouter. (Prudence a regardé le tableau accroché au mur, c'est-à-dire le mien, le faux.) Essaie de le rendre aussi beau que celui qui est sur le mur.

Aaaaah ! Elle était folle ou quoi ? C'était un chef-d'œuvre !

— Ne me force pas à te supplier devant ces messieurs dames, Matisse.

Là, elle m'énervait, mais bon, je ne voulais pas la chagriner et ce n'était pas le moment de faire une scène, alors j'ai déposé un peu de peinture sur ma palette. Puis j'ai mélangé quelques couleurs très, très lentement. J'espérais qu'ils allaient trouver le temps long et finir par s'en aller. Eh bien non, ils sont restés, je sentais leur souffle sur ma nuque. Quand ma palette a été pleine, j'ai fait semblant de chercher le bon pinceau mais il a bien fallu que je me décide, alors j'en ai enduit un de peinture.

Prudence soupirait dans mes cheveux.

J'ai doucement approché le pinceau du tableau hors de prix. Ma main était moite et tremblante. Je me suis figé, le pinceau en l'air à cinq centimètres du vrai *Portrait de Pierre*.

Ils attendaient.

— Vas-y, a dit Prudence. Ne sois pas timide.

Pour m'encourager, la gentille vieille dame a poussé mon bras vers le tableau. Encore un peu et je faisais une tache sur le sourcil de Pierre !

– Qu'est-ce que c'est que ça ? Qu'est-ce que c'est que ça ?

Maman venait d'entrer dans la salle.

Je n'avais jamais été aussi heureux de la voir.

– Prudence ! Vous n'avez pas vu les panneaux ? Nous fermons plus tôt aujourd'hui. (Maman a désigné la sortie.) Excusez-moi, mesdames et messieurs, il faut partir.

Ils ont tous ronchonné, se sont écartés de mon chevalet et ont pris la direction de la sortie.

– On a eu chaud, a dit maman. L'alarme n'est pas encore réparée.

J'ai pensé : maman va voir tout de suite que ce n'est pas le vrai tableau sur le mur. Elle a des yeux puissance 10. Si un livre a été déplacé sur une étagère à la maison, elle le remarque immédiatement. Elle a un sixième sens, elle dit : « Quelque chose a changé ici. » Et elle ne se trompe jamais. J'espérais qu'elle comprendrait pourquoi j'avais fait ça.

Maman s'est dirigée vers la sortie, mais elle s'est arrêtée, a pivoté, puis est revenue sur ses pas. Elle a observé un instant mon tableau dans le cadre sur le mur. Ses yeux lui disaient quelque chose. Elle a mis les mains sur les hanches et a regardé plus attentivement. Elle a flairé l'air. Elle s'est tournée vers moi, j'ai baissé la tête. Elle a hésité avant de me dire :

— Ce tableau a quelque chose de différent, Matisse. Dis-moi quoi.

— Eh bien, euh…

— Allons, tu ne remarques rien de particulier ?

— Maman, je voulais juste…

Elle n'était pas contente. Je la comprenais : elle voulait que je fasse un commentaire puisqu'il y avait enfin un tableau peint par moi exposé dans un musée. N'était-ce pas ce dont elle avait rêvé ? Peut-être pas exactement un tableau comme ça, mais…

— Écoute, maman, je suis vraiment désolé.

Elle a passé en revue tous les tableaux dans la salle.

— Je suis étonnée que tu ne remarques rien. Cette toile est la seule qui n'ait pas de signature. Elle n'est pas signée.

J'ai plissé les yeux. Elle n'avait pas compris ?

Elle a haussé les sourcils.

— Quelquefois ils signent au dos. Jetons un coup d'œil.

Elle a tendu les mains vers le faux sur le mur et,

au moment où ses doigts effleuraient le cadre, elle s'est interrompue.

— Qu'est-ce que je fais ? (Elle a levé les mains en l'air comme si elle avait été en état d'arrestation.) Je me conduis comme si j'avais le droit de toucher ce cadre sous prétexte que l'alarme est en panne. Malheur ! Je pourrais être renvoyée pour ça, c'est sûr.

Elle s'est tournée devant mon chevalet, a regardé le chef-d'œuvre et a dit :

— Ouah !

— Oui.

— C'est fabuleux. (Elle m'a observé.) Le tee-shirt assorti est adorable. Donc, tu as bien retenu la leçon ?

— Euh… qu'est-ce que tu veux dire, maman ?

— Il y a une leçon à tirer de tout ceci.

— Ah bon ?

— Mais oui. N'oublie jamais de signer tes peintures.

— Ah, d'accord… d'accord.

— Il faut que j'aille voir s'ils ont réglé le problème, a-t-elle dit.

Et elle a filé.

Est-ce que ma copie était réellement assez réussie pour tromper maman ? Dès qu'elle a été hors de vue, j'ai saisi le cadre, mais c'était trop tard. Le système de détection de mouvement fonctionnait à nouveau. Une alarme assourdissante a retenti.

Alors j'ai vu un troupeau cavaler dans le couloir. C'étaient les hommes du service de sécurité. Ils ont déboulé dans la salle. J'étais face au mur. Je me suis immobilisé.

– Haut les mains ! m'a dit l'un des vigiles. Avance vers le centre de la salle.

Je me suis retourné.

Il y avait quatre vigiles dans la salle. Ils avaient des matraques.

J'ai senti ma vessie faire un bond. J'ai serré les genoux.

– Ce n'est que moi.

– Matisse ? a dit M. Kramer. Qu'est-ce que tu fabriques encore ici ? C'est fermé. Personne ne doit se trouver dans le musée.

– Je… je…

– Matisse, nous avons actuellement un problème de sécurité. Nous ne pouvons pas te laisser traîner comme ça dans le musée. Je ne plaisante pas, c'est grave. Bon, ça va, tu peux baisser les bras.

Maman est entrée à ce moment-là.

– Nous allions arrêter Matisse, a dit M. Kramer.

— Quoi ?

— Fausse alerte, semble-t-il. L'alarme ne doit pas être encore au point.

— Apparemment non, a dit maman.

— Il va falloir que tout le monde sorte du musée. Les installateurs doivent tout vérifier cette nuit. Il faut évacuer tout le monde.

— C'est ma faute, a dit maman. J'avais demandé à Matisse de surveiller la salle pour moi et d'être un gardien temporaire pendant que nous étions en alerte rouge.

— Désolé, Matisse, a dit M. Kramer en me tapotant le dos. J'apprécie ton aide, tu es un brave gars.

— Heureusement, demain est un jour de fermeture, a dit maman. Mais, s'ils ne réparent pas les branchements rapidement, cette fermeture pourrait durer plus longtemps. L'équipe de nuit est déjà ici. La nuit va être longue pour moi aussi. Je te ramène à la maison, Matisse, et je reviens tout de suite.

Elle est sortie avec les vigiles.

Je devais faire l'échange des tableaux mais le moment était mal choisi, avec tous ces vigiles et ces grosses matraques dans le hall, sans parler de maman qui serait furieuse. J'étais obligé d'attendre le lendemain, quand le musée serait fermé et les vigiles repartis. À condition que personne ne s'aperçoive de ce que j'avais fait entre-temps. Le chef-d'œuvre était bien en évidence sur mon chevalet, mais je n'osais pas l'emporter ailleurs. Et, tout à coup, j'ai vu que le chef-d'œuvre n'était pas signé non plus. Je l'ai basculé vers l'avant. Le tableau était signé au dos, en rouge : *J'adore Pierre. Papa Matisse.*

J'ai rebouché mes tubes de peinture, nettoyé mes pinceaux et repoussé mon chevalet dans un coin, comme d'habitude. Puis je suis sorti en courant.

8

Je n'ai pas dormi. La scène de la substitution du chef-d'œuvre repassait dans ma tête par éclairs, je tournais en rond sur la moquette, je me rongeais les ongles.

Je ne pouvais pas allumer la lumière parce que Man Ray n'était qu'à deux mètres de moi dans son petit lit où il dormait comme un bébé. Il avait de la chance de n'avoir que deux ans ; à cet âge, quand on commet une erreur, on est pardonné. Mais à onze ans... les erreurs se paient cash. La punition correspondant à ce que j'avais fait était hyperénorme. Avec le nombre de poubelles que j'allais devoir sortir, le nombre de fois où j'allais devoir tondre la pelouse et le nombre d'émissions de télé que je n'aurais pas le droit de regarder, j'allais entrer dans le *Livre Guinness des records*. J'avais déjà les yeux qui piquaient, rien que de penser à tous les oignons que mon cuisinier de père allait me faire éplucher.

Tout ce que j'ai dit à table ce matin-là sonnait faux. Par exemple :

— Passez-moi le pénal.

Maman m'a passé le pain.

— Cette viande a un goût de puni.

Personne n'a remarqué que je parlais comme un cinglé.

— Ce plat est une copie d'un plat que tu avais déjà préparé, c'est légal ?

Papa a vraiment répondu à cette question, en fait.

Sur le chemin de l'école, quand maman a déposé Man Ray à la crèche, je lui ai dit « au revoir, faussaire » au lieu de « au revoir, petit frère ».

J'ai décidé de me taire jusqu'à la fin de la journée, mais Toby a remarqué que quelque chose ne tournait pas rond chez moi.

— Qu'est-ce qui ne va pas ? m'a-t-il demandé une minute seulement après m'avoir vu.

— Rien.

— Ouais. Bon.

Je me faisais tellement de souci que je n'ai rien écouté en classe. Une sirène de police a résonné pendant le cours de sciences.

Le son venait du musée : inutile de dire que j'ai angoissé encore plus.

Je me suis cogné la tête contre mon pupitre pour me cacher quand le directeur, M. Baker, est entré dans la salle et a chuchoté quelque chose à Mlle Knuckles.

Toby m'a passé sa brique de jus de fruit glacé au déjeuner.

– Pour ta bosse sur le front, a-t-il dit.

Les meilleurs amis sont énervants quand on essaie de se faire oublier.

– Tu as un problème, hein ? m'a demandé Toby.

– C'est vrai. Mais je n'en dirai pas plus.

– Tu ferais mieux de tout me dire, parce que tu vas exploser.

Je n'avais jamais de secret pour Toby. Mais là, c'était différent : même lui, il risquait de penser que ce que j'avais fait était horrible. Et il était capable de « vendre la mèche », comme on dit, sans le faire exprès.

– Quand on sera vieux, à vingt ans, peut-être que je te raconterai tout devant une bonne bière.

Vers la fin de la journée, j'avais un plan. En fait, c'était le jour idéal pour remettre les tableaux à leurs places. Le mardi, c'est le grand nettoyage du musée. Une équipe de femmes de ménage arrive avec des torchons antibactéries et de gros aspirateurs dont les tuyaux serpentent dans le musée et expulsent la poussière dans des camions spéciaux garés dehors. Pour qu'elles puissent travailler, on débranche les alarmes.

Le dernier cours, c'était de l'anglais.

— Écrivez un court poème, a dit M. Burnblum. Vous les lirez à voix haute par petits groupes.

Quand M. Burnblum nous répartissait en groupes, ça voulait dire qu'il était aussi pressé que nous de rentrer chez lui. Il se promenait dans la classe et écoutait, notait les noms des élèves qui s'appliquaient mais ne ramassait jamais les copies.

Mon soi-disant poème était une page pleine de mots qui rimaient avec mal de ventre.

Dans mon groupe, il y avait Steven, Brian et Lizzie.

— Moi d'abord, a dit Steven.

Steven, le gars que nous appelons « La Bibliothèque », est le seul qui prenne ce travail au sérieux. Le sujet de son poème était : Comment devenir un élève modèle.

Le poème de Brian n'était pas long :

J'aime manger de tout beaucoup.
Des bonbons, des gâteaux, des choux.
Après je suis ballonné comme une bouteille.
Tout grossit sauf mes orteils.

M. Burnblum s'est approché de notre groupe.

– Eh bien, Lizzie, qu'est-ce que tu as écrit ?

Lizzie a sursauté. Elle n'avait même pas touché son stylo. Elle a bafouillé :

– Hum…

Puis elle m'a lancé un regard terrible et elle a improvisé :

Hum… Certains garçons sont sympas…

J'en connais un qui ne l'est pas…

Hum… C'est un drôle de zozo.

Il devrait être dans un zoo.

Elle a souri et a continué :

Les roses sont roses…

Quand on les arrose.

Les violettes sont violettes…

Hum… et lui, c'est une vraie mauviette.

Quelle peste ! J'ai immédiatement improvisé un poème, moi aussi.

Comme tu es rancunière !

Aujourd'hui n'est pas hier…

Tu me plaisais à huit ans…

Mais c'est déjà de l'ancien temps…

Tu ferais mieux de m'oublier…

Parce que tu me casses les pieds.

La cloche a sonné. Je suis sorti.

*

* *

Le musée n'était pas comme d'habitude. Il y avait un échafaudage sur un côté du bâtiment. Des ouvriers en uniforme orange, montés sur des plates-formes, bricolaient les fenêtres. Le camion-aspirateur était garé de l'autre côté. Des cônes rayés rouge et blanc barraient l'entrée. Mme Rogers était en haut des marches, devant la grande porte. En principe, les jours de nettoyage, il n'y avait que quatre gardes. Et Mme Rogers n'est pas un garde. Elle m'a fait signe d'approcher.

J'ai essayé d'avoir l'air normal.

— Bonjour, madame Rogers. Ce n'est pas votre jour de congé ?

— Nous faisons tous des heures supplémentaires à cause des travaux. Tu es la seule personne que j'ai le droit de laisser entrer.

Elle s'est tournée vers la porte et l'a déverrouillée.

— Vraiment ? Qu'est-ce qui se passe ?

— Tout ce que tu peux imaginer. À cause de l'alerte rouge que nous avons eue hier. Tout est noté sur le tableau d'affichage dans le bureau.

À l'intérieur, le musée était en pleine effervescence. Des tas de gens que je n'avais jamais vus s'activaient. On avait installé des tables supplémentaires et il y avait des caisses de matériel sur le sol. Je suis entré dans le bureau.

Maman parlait à son personnel.

– Hier, nous avons eu deux alertes rouges. Il y a du matériel neuf dans chaque salle et des installateurs sans accréditation un peu partout. Surveillez-les, on ne sait jamais. Des dysfonctionnements et de fausses alertes sont toujours possibles. Notre objectif est de maintenir le musée ouvert, mais nous serons obligés de fermer demain si les systèmes de sécurité ne sont pas rétablis, au moins partiellement, d'ici là. Consultez les mises à jour sur le planning.

J'ai dû reporter l'échange de tableaux au lendemain.

9

Inutile d'essayer de dormir. Le lendemain matin, je me suis habillé de bonne heure et j'ai couru chez Toby. Je ne pouvais pas lui cacher cette histoire plus longtemps. J'ai lancé un cookie à moitié grignoté sur sa fenêtre, à l'étage. Un morceau est resté collé sur le store.

Lizzie a entrouvert la fenêtre.

— Qu'est-ce qui se passe, zozo ?

— Où est Toby ?

— Il dort.

— Faut que je lui parle.

— Il y a le feu quelque part ?

— Dis-lui de venir à la porte d'entrée.

— Peut-être…

Elle a refermé la fenêtre. Quelques minutes plus tard, Toby est apparu à la porte.

— Bon, je n'ai pas encore vingt ans, a-t-il dit, mais vas-y, je t'écoute. C'est quoi, ton souci ?

— Quand tu le sauras, tu vas me détester, tu vas trouver que je suis le pire individu que tu aies jamais rencontré.

— C'est à ce point-là ? Tu as tué quelqu'un ?

— Presque. Si ma mère l'apprend, ça va la tuer.

Je lui ai tout raconté, pas à haute voix, mais en chuchotant.

Il a reculé d'un pas.

— Alors là, c'est vraiment le truc le plus débile que tu aies jamais fait, a-t-il dit.

— Et illégal, en plus.

— Tu n'as qu'à dire : «Tiens, y a une erreur... poussez-vous, tout le monde, je vais remettre ces tableaux à leurs vraies places.»

— Les gens des musées n'aiment pas tellement qu'on leur signale une erreur. Ils sont très susceptibles, question tableaux.

— Ils ne me font pas peur. Qu'est-ce que tu veux que je fasse ?

— Accompagne-moi au musée après l'école. Dis à ta mère que tu avais prévu d'y aller avec moi cet après-midi.

— Ce qu'on avait prévu, c'est que toi, tu m'accompagnes au parc pour jouer au base-ball et non que moi, j'aille au musée avec toi.

— Crois-moi, je n'ai pas du tout envie d'y aller, moi non plus. Mais tu te rends compte, Toby ? Il y a un chef-d'œuvre hors de prix posé sur mon chevalet, sans surveillance. J'ai besoin de ton aide.

*
* *

Après l'école, donc, nous avons pris le chemin du musée. Toby faisait rebondir une petite balle en caoutchouc sur le trottoir pendant que je lui expliquais mon plan.

— Tu vas m'aider à échanger les tableaux, si le mien n'est pas déjà tombé du cadre. Il faut faire très vite.

— Et si l'alarme se déclenche ?

— Le musée est fermé aujourd'hui, justement parce que le système de sécurité cafouille. Si l'alarme se déclenche, ils vont croire que c'est encore un court-circuit. Et ils me laissent toujours entrer. Si on réussit à faire l'échange sans que personne nous voie, on n'a rien à craindre.

— Et si quelqu'un nous voit ? Je ne voudrais pas que ta mère m'interdise de venir chez toi après.

— Pas de souci.

Erreur : un gros souci m'attendait quand nous sommes arrivés. Le musée était ouvert.

– Il devait être fermé ! ai-je dit. Là, on est mal.

Toby a fait rebondir sa balle sur ma tête.

– Bravo, l'artiste. Et maintenant ?

– Je ne sais pas. Suis-moi.

Il y avait un monde fou au musée. Toby m'a attendu à la porte du Bureau de la sécurité. Les écrans vidéo du centre opérationnel étaient éteints. J'ai frappé et je suis entré, l'air de rien, comme pour dire bonjour. Les trois gardiens à l'intérieur s'activaient sur des branchements électriques et des boutons de commande, mais ils ont levé la tête et m'ont salué de la main. J'ai regardé en douce le panneau d'affichage avant de repartir.

– Bonne nouvelle, ai-je dit à Toby. Les caméras ne sont toujours pas en état de marche.

Nous avons foncé vers la salle des Matisse. Elle était bondée.

M. Snailby était à son poste habituel près de la porte.

Toby s'est dirigé vers la plus grande des toiles exposées.

– C'est ce tableau-là ? Ce serait super si tu avais peint ça.

– Je l'ai peint et ma copie est déjà accrochée dans notre salle à manger.

J'ai poussé Toby vers le *Portrait de Pierre*, qui avait à peu près la taille d'un cahier d'école.

– Oh, il est petit, a dit Toby. Mais il me plaît bien. Et pourtant je n'aime pas les peintures. (Il m'a donné un coup de coude.) Tu sais quoi ? On dirait un portrait de toi. S'il y avait un numéro en dessous, on pourrait croire que c'est ta photo dans un commissariat de police. Ha, ha !

Une petite fille et sa mère se sont approchées. Toby a montré mon tableau du doigt et s'est mis à parler avec un accent étranger :

– Très, très ioli. Ouné merveille, n'est-ce pas ?

– Oh ! oui, a dit la femme.

J'ai pincé le bras de Toby et je l'ai entraîné vers le coin où auraient dû se trouver mon chevalet et le chef-d'œuvre. Mais ils n'étaient pas là. Je me suis précipité vers M. Snailby.

– Bonjour. Où sont mes affaires de peinture ?

– Je les ai mises à l'abri. Les ouvriers bousculaient tout sur leur passage, alors j'ai rangé tes affaires dans un endroit sûr.

– Quel endroit sûr, monsieur Snailby ?

– Le placard à balais.

Nous avons déambulé dans les couloirs jusqu'à ce que nous arrivions au placard en question. En fait, c'était un grand cagibi, de la taille d'une petite chambre. Il y avait des flacons, des serpillières et des torchons sur toutes les étagères et dans tous les coins. Mon chevalet était plaqué contre le mur du fond. Je m'en suis emparé, je l'ai retourné, mais le *Portrait de Pierre* n'était pas là.

— Toby, je le vois pas!

— Donc, tu n'es pas la seule personne ici à manipuler des affaires qui ne lui appartiennent pas.

Et, tout à coup, je l'ai vu. Il était juste en face de nous, posé à plat sous un plumeau. J'ai écarquillé les yeux. Je ne l'ai pas touché.

— Oh! non!

Toby m'a regardé, puis a regardé le tableau, puis de nouveau moi.

— C'est grave? a demandé Toby. Pourquoi tu ne le ramasses pas? C'est grave, hein?

— Il y a des livres qui expliquent combien la poussière est nuisible pour les œuvres d'art. Ça s'apprend même à l'université. Ce musée est plus propre qu'un hôpital parce que la poussière est pleine de mites, d'acariens et de criminels microscopiques qui sont les ennemis mortels des peintures.

— Donc, il faut qu'on l'enlève de là.

Toby a soulevé le plumeau. Un millier de minuscules grains empoisonnés sont tombés en virevoltant sur la toile.

— Je vais épousseter ça, a-t-il dit.

Il était sur le point de frotter le tableau avec son avant-bras, mais je lui ai attrapé le poignet.

— Arrête. La peau peut laisser des traces dégoûtantes sur un tableau, des saletés qui vont moisir, infecter la peinture et la tuer.

— Ouh ! là, là, là, là !

— Je vais souffler dessus. (J'ai soufflé une colonne d'air, qui a aplati la poussière au lieu de la faire partir.) Bon, Toby, il va falloir qu'on s'y mette à deux. Je compte jusqu'à trois et on souffle ensemble, à fond, comme sur les bougies d'un gâteau d'anniversaire. Prêt ? Un… deux… TROIS !

La poussière a disparu dans un nuage.

— Les crachats, c'est aussi grave que la peau et la poussière ? a demandé Toby en montrant les fines gouttelettes de salive parsemées sur la toile.

— Aïe ! Sûrement, mais… enfin, j'espère que non.

J'ai agité la main au-dessus du tableau comme un éventail. Les choses n'ont fait qu'empirer. J'ai dit :

— Maintenant rapportons-le dans la salle, mais en évitant de le toucher, si possible.

J'ai essayé de le mettre sous mon tee-shirt, mais

c'était risqué : il allait forcément être au contact de ma peau toxique. Toby avait un sweat-shirt à fermeture Éclair.

— Si on le mettait entre ton tee-shirt et ton sweat ?

— D'accord, a dit Toby. Tiens-moi ça.

Il m'a passé la balle en caoutchouc et a ouvert son sweat. Sur son tee-shirt, il y avait une traînée de quelque chose, une matière rouge et collante.

— Pas question, ai-je dit.

Toby a ramassé un rouleau de papier toilette et a emmailloté le tableau. On aurait dit de la barbe à papa. Je l'ai laissé faire. Il doit y avoir des acides dans le papier toilette qui peuvent endommager la peinture, mais le trajet dans le couloir ne durerait pas longtemps, ce n'était pas trop risqué. Toby a fourré le tableau hors de prix dans ses vêtements : un sandwich de sweat-shirt au chef-d'œuvre.

— Allons-y.

Nous marchions à grands pas vers la salle des Matisse quand j'ai entendu maman derrière nous. Elle a réussi à se faire entendre de loin tout en chuchotant :

— Matisse… Toby…

— Ne te retourne pas, ai-je dit à Toby. Prends la première à gauche.

Nous avons tourné le coin en vitesse et nous nous sommes mis à courir dans le hall. Toby, qui n'est pas habitué aux sols en marbre et ne sait pas à quel point ils peuvent être traîtres pour les semelles, a fait un vol plané et a atterri à plat ventre par terre. Le tableau a giclé de son sweat juste avant que sa poitrine touche le sol. Pierre a glissé en travers des dalles de marbre pour s'arrêter à trois mètres de l'ascenseur.

Pendant quelques secondes, le monde s'est arrêté. Puis les portes de l'ascenseur se sont ouvertes. Les visiteurs du musée se sont déployés dans le hall. Deux d'entre eux se sont dirigés vers la droite et l'un a fait une halte pour regarder sa montre. Mais une femme, qui lisait une brochure, était sur le point de poser le pied sur un tableau d'un million de dollars sans s'en douter.

J'ai lancé la balle. Elle a rebondi dans le hall et a touché la cuisse de la dame juste au moment où elle allait marcher sur le chef-d'œuvre enveloppé de papier toilette.

— Aïe ! a-t-elle crié. (Elle a reculé et nous a lancé un regard mauvais.) C'est un musée, ici, pas un terrain de tennis !

— Excusez-moi.

J'ai ramassé le tableau et la balle, puis j'ai continué mon chemin.

Il y avait une vingtaine de personnes dans la salle des Matisse. M. Snailby était posté près de la porte. Le voyant rouge était éteint sur les deux caméras de surveillance.

– Il faut attendre que la salle se vide, ai-je dit à Toby.

– Et lui? a demandé Toby en montrant M. Snailby.

– Rien à craindre.

Nous avons remis le chef-d'œuvre sous le sweat de Toby. Il a fallu patienter longtemps, presque jusqu'à l'heure de fermeture du musée. Il faisait déjà nuit quand les gens sont enfin partis. Je me suis approché d'un tableau et j'ai regardé le plafond. J'ai vu les rayons des détecteurs de mouvement.

– Tu peux abandonner si tu veux. Je ne t'en voudrai pas, ai-je dit à Toby.

– Pas question.

– Je te préviens, ça risque vraiment de se gâter.

– N'importe quoi. Je ne vais pas me dégonfler maintenant.

– Je reviens.

Je suis allé vers M. Snailby et j'ai inspiré profondément. À sa manière de se pencher légèrement en avant, je voyais que ses jambes le faisaient souffrir. C'était le plus vieil employé du musée.

– La journée a été longue, lui ai-je dit. Vous ne voulez pas vous reposer ? Je surveillerai tout à votre place.

– Une pause me ferait vraiment du bien. Merci, Matisse.

J'ai regardé M. Snailby quitter la salle pour aller s'asseoir sur un banc, plus loin dans le couloir. J'ai pivoté et je suis revenu vers Toby. J'ai jeté un œil à une caméra, puis à une autre : elles étaient toujours éteintes.

– Maintenant, ai-je dit.

Toby a sorti le tableau emmailloté et a commencé à le déballer.

J'ai saisi le cadre et je l'ai décroché du mur. L'alarme s'est déclenchée. Le bruit était si fort que je n'arrivais plus à réfléchir, mes doigts étaient comme dix saucisses boudinées. Je ne parvenais pas à détacher les clous. Très vite, j'ai entendu des gens accourir dans le hall.

– Toby, arrête. Pas le temps.

J'ai raccroché mon faux sur le mur.

Toby a fourré la spirale de papier toilette sous son

sweat et je lui ai pris le tableau des mains juste au moment où deux vigiles déboulaient dans la salle. C'étaient M. Kramer et M. Napoleonsky.

Toby et moi, nous avions l'air de coupables pris en flagrant délit.

M. Kramer a ouvert le boîtier de l'alarme avec sa clé. Il a mis le levier sur OFF et s'est tourné vers nous.

— Qui est de garde ?

M. Snailby est revenu précipitamment dans la salle.

— C'est moi, a-t-il dit.

— Qu'est-ce qui se passe ici ? a demandé M. Kramer.

M. Snailby a examiné tous les tableaux autour de lui dans la salle et a secoué la tête :

— Fausse alerte, apparemment.

M. Kramer s'est approché de moi.

— Matisse, chaque fois que tu es dans les parages, l'alarme se déclenche.

— Je vais être obligé de vous fouiller, les garçons, a dit M. Napoleonsky.

Je me suis immobilisé. Toby aussi. J'avais toujours le tableau à la main.

M. Napoleonsky a tourné autour de nous.

— Je ne vois rien sur vous qui ait pu déclencher

l'alarme. (Il a soulevé mon tee-shirt.) Pas de boucle de ceinture métallique.

J'ai écarté les bras. Le tableau pendait à ma main.

– Non, rien, a-t-il dit. Et toi ? a-t-il demandé à Toby. Tu as un talkie-walkie ou des chaussures à bout ferré ?

– Non, a répondu Toby.

M. Kramer a tapoté son sweat-shirt bourré de papier toilette.

– Qu'est-ce que c'est que ça ?

– Oh, euh… c'est pour jouer.

– Jouer à quoi ?

– Je jouais… (Toby m'a lancé un regard paniqué.) Vous savez bien.

– Non, je ne sais pas, a dit M. Kramer.

– Je jouais… à la femme enceinte.

Il a sorti tout le papier toilette qu'il avait sous son sweat et, honteux, l'a passé à M. Kramer.

Les deux vigiles ont éclaté de rire. Maman est arrivée juste à ce moment.

– Encore cette salle ! a-t-elle dit. J'ai dû interrompre ma réunion quand j'ai vu les voyants rouges clignoter. Il y a vraiment quelque chose qui cloche ici.

– C'est sûr, a dit M. Kramer. Mais ça me dépasse.

– J'ai annoncé que les détecteurs de mouvement

étaient réparés. S'ils ne sont pas rapidement en état de marche, ma crédibilité est en jeu, a dit maman.

Elle était soucieuse. Elle a soupiré, puis m'a regardé.

— Matisse, qu'est-ce tu tiens dans les mains, là ?

— C'est, euh… c'est ma copie.

Elle a attrapé le bas de la toile du bout des doigts et l'a ramenée vers elle. Je tendais les bras mais je ne lâchais pas.

— Elle est finie, a-t-elle dit. On l'emporte à la maison.

J'ai observé Toby avec des yeux ronds.

Toby a saisi un autre bord du tableau en disant :

— C'est à moi. Toby m'avait promis ce tableau.

Bien joué, ai-je pensé. Toby nous avait sauvés. Mais nous étions toujours trois à tenir le tableau. Chacun le tirait vers soi. J'ai fini par lâcher prise.

— Ouais, maman, c'est vrai. C'est mon cadeau d'anniversaire à retardement pour Toby.

— Je ne savais pas que tu aimais la peinture, Toby, a dit maman.

— J'aime pas.

— C'est bien ce que je pensais. Mieux vaut t'offrir quelque chose qui te plaît pour ton anniversaire.

– Oh, euh… mais…, a bredouillé Toby. J'aime bien quand même, en fait.

– Donne-moi ce tableau. Matisse te fera un autre cadeau.

– Euh… bon, d'accord.

Toby a lâché le tableau. Maman l'avait.

– Bien. Rendez-vous à la voiture dans quinze minutes, les garçons.

Et maman est partie avec le chef-d'œuvre.

J'aurais pu courir derrière elle et tout lui avouer, mais le train avait déjà quitté la gare. Il roulait lentement, mais il n'y avait pas moyen de l'arrêter. Quand maman a franchi le seuil et a tourné dans le couloir, le point de non-retour était dépassé.

– Hum… hum…, a fait Toby. Je crois qu'elle m'a eu.

– Quand les policiers m'arrêteront pour me traîner devant le juge des enfants, ils n'auront pas besoin de me prendre en photo, puisque le tableau est mon portrait craché.

– Tu sais, techniquement, c'est ta mère qui a sorti le tableau du musée. Pas toi. C'est elle que les policiers vont prendre en photo… juste après qu'elle aura été virée de son boulot.

– Je ne veux pas que maman perde son emploi !

— Au moins le tableau est en sécurité chez toi jusqu'à ce que tu le rapportes ici.

— Il est dans un trou noir, tu veux dire. Tu appelles ça « en sécurité » ?

10

Le tableau était dans le coffre et maman conduisait comme d'habitude, c'est-à-dire sans beaucoup freiner. C'est tout juste si elle a ralenti en arrivant devant chez Toby. Il m'a dit au revoir comme si c'était la dernière fois qu'on se voyait.

– J'espère que tu survivras jusqu'à demain.

– Ouais, j'espère aussi.

– Bonne chance, a dit Toby.

Sans réfléchir, nous nous sommes donné une accolade.

Maman nous observait dans son rétroviseur.

– J'ai l'impression de regarder un film.

– D'accord, tchao.

– J'espère te revoir au musée, a dit maman.

– M'étonnerait, a répliqué Toby avant de se reprendre : Euh, désolé.

— Pas de quoi, je te connais bien, va, a dit maman.

Toby était à peine descendu de la voiture qu'elle a appuyé sur l'accélérateur.

Quand maman a gravi la côte qui montait chez nous, le contenu du coffre a glissé vers l'arrière.

La porte de notre garage était ouverte. Papa portait des gants de caoutchouc et son tablier de soudeur. Il était illuminé par la flamme du chalumeau et le métal en fusion sur son établi. Frida était aussi dans le garage, derrière une montagne de magazines.

Notre garage n'est pas ordinaire. C'est un mélange de bureau d'études, de fabrique de barbecues et d'atelier du Père Noël, multipliés par cent au carré et encore par deux. C'est le paradis des bricoleurs et du « chacun pour soi ». Rien qu'au rayon « colle », on trouve du Fixe-partout, du Adhère-à-fond, du Superindétachable, du Maxicollix et du Ça-tiendra-jusqu'à-votre-mort, pour ne citer que quelques noms. Chacun de nous a son propre espace de travail.

Papa adore étaler ses outils et ses rallonges de cordon électrique dans l'allée. Il soude et façonne au marteau des barbecues stylés. Les gens qui aiment la cuisine de papa aiment aussi son équipement unique.

En plus des barbecues, il crée des bacs à saumure sur mesure, qu'il fabrique ici dans notre allée.

Dans l'espace de Frida, il y a une chaise décorée de velours violet et de dorures, digne de la cour de Louis XIV. Sa machine à coudre ronronne les week-ends et le soir après les devoirs pendant la semaine. Sa bobine de fil est toujours violette. Elle se confectionne un nouveau vêtement par semaine depuis qu'elle a douze ans. Son mannequin de couture, un vrai épouvantail, a exactement les mêmes proportions qu'elle et regarde fixement dans le vide. Nous l'appelons Fridakenstein. Et, entassées à côté, il y a des piles de magazines people et de revues de mode où elle pêche des idées de modèle.

Au-dessus de la place de maman est suspendu un mobile qu'elle a fabriqué avec son imprimante pour étiquettes. Elle imprime des données peu connues de l'histoire de l'art, genre : Michel-Ange ne mesurait que cinq centimètres de plus que Toulouse-Lautrec et Vermeer n'a peint que trente-quatre toiles dans toute sa carrière. Sous le verre qui protège le dessus de son bureau, elle a mis des cartes postales de ses cent tableaux préférés, parfaitement alignées, numérotées et classées par ordre alphabétique. Par déformation professionnelle, elle a installé des caméras de vidéosurveillance et des détecteurs de mouvement haut de gamme pointés en permanence sur son bureau

Mon poste de travail est au fond du garage. Comme ça, on ne me voit presque pas de la rue. Derrière ma table, qui est une ancienne porte, il y a des étagères remplies de choses que je collectionne. Je suis ce qu'on appelle un « chineur », je récupère des tas de trucs. J'ai collé des étiquettes avec des noms de personnes ou de lieux sur les boîtes en carton et les bocaux. Certaines boîtes sont pleines de petits riens, des tickets, des feuilles de score, des emballages froissés. Dans d'autres, on trouve des choses ramassées dans la nature, des petits tableaux que j'ai peints ou des coupures de magazines. J'aime bien sortir mes objets de collection et les disposer de différentes manières. Ce sont mes machines personnelles à remonter le temps. Personne n'a le droit de les voir. Frida m'espionne parfois, parce qu'elle sait que ça m'énerve, et elle me pique des trucs qu'elle épingle sur ses vêtements.

Man Ray a un bac à sable monté sur roues. On peut le faire sortir ou le rentrer dans le garage quand on veut, ça dépend de qui est chargé de le surveiller. C'est un bac plein de jouets, en fait, avec un oreiller et une couverture pour qu'il puisse faire la sieste.

Frida s'est approchée de la voiture, un magazine à la main.

— Ils disent qu'Elvis a été congelé vivant, dans une robe de chambre violette, pour être ranimé plus tard. Elvis est vivant.

— Si Elvis est vivant, il doit être très vieux, a répondu maman. (Elle a ouvert la portière de la voiture, est allée vers papa et a donné plusieurs petits coups sur son casque.) Coucou, chéri.

Papa a arrêté son travail et a dessiné un cœur enflammé dans l'air avec son chalumeau.

Maman a tapé encore deux fois sur son casque, puis elle s'est rendue à son poste de travail. Elle a mis des lunettes spéciales et a pris son fer à graver.

Ma première idée était de laisser le tableau dans le coffre. Mais si quelqu'un volait la voiture ? Ou s'il y avait une invasion de sauterelles ?

— Maman. J'ai besoin de sortir quelque chose du coffre.

Maman m'a lancé les clés.

— Je sais, a-t-elle dit. Je suis justement en train de graver une nouvelle plaque pour ton tableau. Nous changeons la décoration des murs ce soir.

C'était ce que je craignais. J'ai ouvert le coffre. À l'intérieur, tout s'était déplacé. Heureusement,

Pierre était au-dessus du reste. Il me regardait droit dans les yeux.

J'ai soulevé la toile délicatement en la tenant par les bords. Il fallait que je prévienne Pierre. Je lui ai dit :

– Il peut se passer n'importe quoi dans cette maison. Ne tombe pas du mur, ne parle pas à ma sœur et ne fais pas le malin. Tu ne resteras pas longtemps, alors inutile de prendre tes aises.

Et j'ai refermé le coffre.

Frida était debout non loin de là.

– Ton tableau t'a répondu ?

– Non. C'est une image congelée.

– C'est pas drôle, a-t-elle répliqué.

Elle a filé.

Quelques minutes plus tard, maman est entrée dans la maison avec la nouvelle plaque : les mots PORTRAIT DE PIERRE MATISSE PAR MATISSE JONES étaient gravés dans le plastique. Elle l'a fixée dans la salle de séjour, au-dessus du divan, là où tous les tableaux commencent leur rotation dans la mini-galerie de maman. Elle a déplacé toutes les autres toiles et plaques. Puis elle m'a pris le portrait de Pierre des mains et l'a accroché au mur.

– Là, a-t-elle dit. (Elle s'est reculée pour le contempler.) Il a quelque chose de particulier, ce portrait... (Elle tapotait ses lèvres du bout des doigts.) Si je l'aime tellement, c'est peut-être parce que tu ressembles à Pierre. Tu ne trouves pas ? Ça doit être ça. On croirait un portrait de toi. (Elle m'a fait une bise sur la tête.) Je reviens tout de suite.

Elle est revenue quelques instants après, bras dessus bras dessous avec papa.

— Regarde ça, Bob. Il ressemble vraiment à Matisse, non ?

Papa était couvert de limaille de fer. Il a relevé la visière de son casque de soudeur.

— Ton premier autoportrait, a-t-il dit.

Maintenant tout le monde commençait à trouver que je ressemblais à Pierre et ça m'inquiétait sérieusement. J'ai protesté :

— Ce n'est pas un autoportrait. C'est le portrait d'un type nommé Pierre.

— En tout cas, on dirait un autoportrait.

— Pas du tout.

*
* *

Plus tard, quand tout le monde a été couché, je suis descendu en douce pour décrocher Pierre et l'emporter dans ma chambre, qui est aussi celle de

Man Ray, afin de pouvoir le surveiller pendant la nuit. Je ne savais pas où le mettre – je veux dire où mettre *ça, la chose, mon gros problème.* Je ne pouvais pas poser *la chose* n'importe où, parce que Man Ray était capable de se réveiller et de faire rouler un petit camion dessus ou d'enfoncer un crayon dedans. La seule bonne place était le placard, sur le sol avec nos chaussures, mais je ne voulais pas que ça sente les pieds le lendemain matin, alors j'ai glissé *mon gros problème* dans mon lit. Je lui ai même donné mon oreiller. Nous sommes restés couchés là un moment, mais je n'arrivais pas à fermer l'œil. J'ai l'habitude de baver un peu du coin de la bouche en dormant et il n'y avait pas de raison pour que ça change cette nuit, alors je l'ai rapporté en bas et je l'ai raccroché au mur. J'ai décidé de me coucher sur le divan et de surveiller *la chose* de là.

Maman s'est réveillée. Elle est descendue en kimono et s'est faufilée sur le divan à côté de moi.

Il était temps d'annoncer la mauvaise nouvelle à maman. Mais je voulais préparer le terrain avant de passer aux aveux, sinon les veines de son cou risquaient de gonfler et ses yeux allaient faire des loopings. J'avais envie de tout lui raconter comme un conte de fées qui se termine bien. Si j'avais été doué pour trouver des rimes, je lui aurais récité ma confession sous forme de poème. Il fallait que j'amortisse le coup, en partie parce que je ne sais pas pratiquer les massages cardiaques, mais surtout parce que maman est très adroite avec un fer à souder et qu'elle pouvait m'enfermer hermétiquement dans ma chambre pour une très longue durée.

— Maman…

— Oui ?

— Est-ce que… toi ou papa, vous avez déjà fait quelque chose de mal ?

— Ah. Eh bien, euh…

Elle a tourné la tête de tous les côtés en haussant les sourcils.

— Je veux dire quelque chose qui n'a pas l'air tellement grave sur le moment mais qui, à la longue, devient très, très grave. Une grosse gaffe qui se transforme en crime, disons, et qui rend tout le monde furieux.

— Un crime ? Non ! Tu essaies de me dire quelque chose ?

Si je n'étais pas le seul criminel de la famille et si mon comportement était héréditaire, je pouvais considérer que c'était un gène qui m'avait poussé à commettre mon acte. C'était une hypothèse.

— Maman, s'il te plaît, réponds-moi. Je veux savoir.

— Eh bien, laisse-moi réfléchir. Hum… J'étais une fille scoute, quand j'étais jeune, et un jour j'ai chipé un pin's à une copine. Je l'ai pris sur son pupitre à l'école pendant qu'elle était aux toilettes et je l'ai agrafé sur mon pull. Je voulais juste l'essayer sur moi. Quand elle est revenue, elle a piqué une colère. « Qui a pris mon pin's ? Appelez le principal, appelez ma maman ! » Le professeur a dû interrompre la classe et nous avons toutes été obligées de le chercher.

Oui ! Maman avait volé quelque chose.

— Qu'est-ce que tu as fait ?

— Je suis allée voir ma copine et je lui ai récité le serment scout : « Je promets d'être loyale… » Elle n'a même pas remarqué le pin's sur mon pull. Je m'attendais à ce qu'elle dise : « Eh, c'est toi qui as mon pin's. » Mais elle n'a rien dit. Je n'en revenais pas.

J'ai lancé un regard à Pierre. Bingo.

— Tu le lui as rendu ?

— J'ai bombé le torse et j'ai dit : « Prépare-toi. » Le pin's était juste sous son nez et elle ne le voyait toujours pas. (Maman m'a observé un instant.) Alors j'ai réglé le problème tout simplement. J'ai détaché le pin's de mon pull et je l'ai reposé sur son pupitre,

ce qui était mon intention depuis le début. Et puis
ç'a été fini.

C'était donc bien héréditaire. Notre seul point
commun – le vol accidentel.

– Elle a fini par savoir que c'était toi ?

– Je le lui ai dit plus tard.

– Elle s'est fâchée ?

– Oh! oui, et sa mère encore plus. «Tu es une
voleuse !» Elle l'a répété à ma mère et j'ai été punie.
J'ai eu l'impression que tout le monde se méfiait de
moi après ça. C'était affreux.

Je n'espérais pas une chance pareille.

– Tu n'aurais pas dû prendre le pin's mais tu l'as fait,
alors que tu n'avais même pas l'intention de le garder
pour toi. Donc tu as eu des ennuis pour avoir volé
quelque chose que tu as pris sans réfléchir, exact ?

– Au fond, j'ai eu tort de parler. Parfois, il vaut
mieux arranger les choses soi-même sans rien dire.

Je voulais être sûr d'avoir bien compris maman, la
voleuse de bijoux.

– Donc, tu regrettes de l'avoir dit, c'est bien ça ?

– Eh bien, en fait, oui. (Elle a bâillé et s'est levée.)
Tu vas dormir sous ton tableau cette nuit ?

– Maman, ce n'est pas mon… Ouais.

– Il me plaît beaucoup.

Elle est remontée dans sa chambre.

Mes aveux sans aveu s'étaient bien passés. Le tableau était juste sous son nez et elle ne l'avait pas remarqué. J'allais faire exactement la même chose qu'elle quand elle était petite. J'allais régler le problème moi-même. Et peut-être que je ne le lui dirais jamais.

Difficile de dormir avec un tableau volé dans la maison, alors j'ai traîné dans le garage pendant quelques heures. J'ai fabriqué des espèces de plaques d'immatriculation avec un carton et du ruban adhésif noir.

VOLEUR DE TABLEAU
TROUILLE
PUNI
VIANDE FROIDE

11

Le lendemain à l'école, je me suis assis à l'endroit habituel avec Toby pour manger nos sandwichs.

– J'ai rêvé que les vigiles étaient dans ma chambre et tiraient des flèches sur moi, ai-je dit en remettant mon sandwich à l'antilope grillée dans mon sac.

Toby ne mangeait pas non plus.

– Écoute, Toby, je leur dirai que je t'ai forcé à m'aider.

– C'est pas ça.

Toby n'arrêtait pas de regarder Lizzie et ses copines à une autre table.

– Qu'est-ce que tu veux dire ? ai-je demandé.

– Eh bien… (Il a hésité.) C'est, euh…

J'ai regardé en direction de Lizzie et j'ai vu qu'elle parlait en me montrant du doigt. J'ai eu un pressentiment désagréable.

— Tu ne l'as pas dit à Lizzie, quand même ?

Toby a pris un air désolé.

— Ça m'a échappé.

— Ça t'a échappé !

— Tu comprends, elle m'énervait, elle cassait du sucre sur ton dos, alors je lui ai répondu que, si tu étais aussi nul qu'elle le dit, il n'y aurait pas un tableau de toi exposé dans un musée.

— Elle va le crier sur tous les toits !

Lizzie, Courtney et Rose se sont levées de leur table et sont venues vers nous.

— Aïe, a dit Toby. Reste calme.

Lizzie m'a encore adressé un de ses sourires mystérieux.

— C'est vrai ? a-t-elle demandé.

— Quoi ? ai-je dit.

— Tu sais bien.

— Pas vraiment.

— Est-ce qu'il y a un tableau de toi exposé au musée ?

Son petit air, quand elle m'a posé la question, m'a donné envie de lui répondre oui — rien que pour l'épater, comme si ça pouvait me faire remonter de dix échelons dans la catégorie «respect». Mais je savais que c'était un piège. J'ai répliqué :

— Ouais, bien sûr. T'étais pas au courant ? Je suis le président du Système solaire. Yoda est mon oncle et je vais chanter l'hymne national à la finale de la Coupe de football américain. Et... ouais, ouais, j'ai une œuvre exposée au musée. (J'ai rouvert mon sac pour reprendre mon sandwich.) Excuse-moi, on était en train de manger.

— Exact, a dit Toby. Le jour où Matisse sera exposé au musée, les poules auront des dents.

Lizzie nous a regardés tour à tour, puis elle m'a fixé des yeux comme elle sait le faire et a dit finalement :

— Tu sais chanter ?

— Je fais des progrès.

Mon sandwich avait meilleur goût que je ne pensais.

Les filles allaient partir, mais Toby n'a pas pu s'empêcher d'ajouter :

— Eh, grosse radoteuse. Matisse n'a jamais...

J'ai donné un coup de genou à Toby sous la table.

— C'est vrai. Je n'ai jamais... aimé la peinture... ni les musées ; tout ça, c'est du blabla... À quelle heure, le parc, Tob ? Je joue en National base-ball A maintenant... la NBA. Exact ?

Complètement inexact, ce n'était pas ça du tout. J'ai fait un clin d'œil à Toby.

— Ouais. Matisse et moi, on va au parc.

Lizzie et ses copines se sont tournées pour partir.

— Trouve autre chose pour blablater, radoteuse, a dit Toby.

— Je ne vise personne, mais ce n'est pas moi qui blablate le plus dans la famille, a répondu Lizzie en s'éloignant.

— Elle n'a pas tort, Toby.

— Vraiment ? Compris. Motus et bouche cousue.

— Si tu veux que je continue à venir à l'école ici, n'en parle à personne d'autre.

La bouche en coin, il m'a dit :

— Content que tu viennes au parc.

12

– Ça te fera du bien, a dit Toby. Une bonne partie de base-ball. Tu peux manquer un jour de musée, il ne se passera rien.

– J'espère que tu as raison. Parce que mon gros problème me rend nerveux.

– Essaie de l'oublier.

Une bande de gars de notre classe nous a rejoints sur le terrain de base-ball du parc.

– Super, a dit Cooper, on est dix, ça fait un nombre pair. (Il avait un gros cou et une petite tête. Il martelait son gant avec une balle.) Matisse, tu joues à quel poste ? Artiste-centre ?

– Très drôle, ai-je dit. Je joue en première base. (Je ne connais pas bien le base-ball, mais j'imaginais que première base devait être plus facile que deuxième ou troisième.) Je sais courir.

Cooper a rigolé :

– Je voudrais bien voir ça. Ha, ha !

– Je prends Matisse dans mon équipe, a dit Toby.

– Bien, a dit Cooper.

Cooper s'est posté sur le cercle du lanceur et s'est mis à envoyer des balles à Kevin. Trois autres gars ont enfilé des gants et se sont positionnés sur le terrain.

Toby, Jason, Brian et moi, nous sommes allés derrière la rambarde. Sam a empoigné une batte.

– On ne compte pas vraiment les points, a dit Toby. Pas de pression. C'est un match amical. Juste pour le plaisir.

– Le plaisir, hum… J'attends de voir.

– Je suis chaud, a dit Cooper.

Sam a pris place dans le coin du batteur et a tendu sa batte. Le premier lancer est sorti des limites : out !

– Bien visé ! ont crié Toby, Jason et Brian.

Cooper a raté son deuxième lancer aussi.

– Trop facile ! a hurlé Jason en secouant le grillage de la rambarde.

– Encore un lancer out et on avance d'une base, a dit Brian.

Au troisième coup, Cooper a visé juste. Sam n'a même pas essayé de renvoyer la balle.

– Bouge-toi un peu, feignant, a dit Cooper.

— Attends la suivante, a dit Sam. Je vais te la renvoyer en pleine figure.

— C'est ça, cause toujours, a répondu Cooper.

J'ai dit à Toby :

— Pas très « amical », comme match.

— Un peu de rivalité, ça met de l'animation, a dit Toby.

— Avale-moi ce caramel ! a dit Cooper en lançant une balle bien ajustée, de toutes ses forces.

Sam l'a renvoyée.

— Délicieux, merci, Cooper.

— Attends la suite, crétin.

— Je commence à ressentir une certaine pression, Toby, ai-je dit.

— Ça aide à se concentrer, m'a assuré Toby.

Brian était le deuxième batteur. Sam a cédé sa place pour aller se positionner à son tour en première base. Brian a fait quelques essais pour s'entraîner et a touché la rambarde deux fois accidentellement. Puis le match a repris. Il a renvoyé le premier lancer très loin mais n'a pas eu le temps de courir jusqu'à la première base.

Pour ceux qui ne connaissent pas les règles du base-ball, je reconnais que c'est un peu difficile à suivre. En gros, le but du jeu, c'est de renvoyer la balle le plus loin possible pour avoir le temps de faire le tour de toutes les bases et de revenir au point de départ, qu'on appelle le marbre. Les adversaires essaient de rattraper la balle et se font des passes pour devancer les autres avec la balle à la main. Ah! un détail : si un joueur qui court est touché par un adversaire qui a la balle, il est éliminé. Bref, Brian n'a pas couru assez vite et Sam est arrivé avant lui au marbre, avec la balle. Il a nargué Cooper :

— Vous avez pris un courant d'air, hein? Ça fait un à zéro pour nous, mes petits gars.

— Tu vois qu'ils comptent les points, ai-je dit.

Toby a mis sa main sur mon épaule.

— Écoute, Matisse, Brian ne sait pas courir. Tu veux jouer en première base à sa place?

— Si c'est pour le plaisir...

Toby a demandé un temps mort et j'ai remplacé Brian en première base.

Tout le monde commentait le match en criant.

Toby a bien renvoyé la balle et j'ai eu le temps de courir jusqu'en troisième base.

Maintenant, c'était au tour de Jason de tenir la batte. Tout le monde sur le terrain a reculé de dix pas.

— Marque le point ou t'es un homme mort, Matisse, a dit Sam en levant le poing.

— Écrasons-les, ces mauviettes ! a crié Brian.

Cooper a lancé. Un vrai boulet de canon. Sa balle a ricoché contre la rambarde et a roulé presque jusqu'en première base.

Mon équipe donnait de la voix : « Matisse, fonce ! » « Bouge ton cul ! » « Cours ! » « Vole ! »

D'abord, mes jambes n'ont pas réagi, puis je me suis mis à courir. À voler. Une fois de plus. Comme au musée.

— Je ne veux pas voler ! ai-je répondu.

J'ai fait marche arrière et je suis revenu en troisième base.

« Hein ? » « Quoi ? » « Matisse, t'es fou ? » « Fonce au marbre ! »

C'était idiot de ma part. Je suis reparti, j'ai sprinté vers le marbre. Mais je me suis arrêté à mi-chemin.

Ils ont crié de plus belle :

— Cours, espèce d'andouille !

— Désolé, ai-je répondu. Je me suis trompé.

« Matisse, t'es nul ! » « Poule mouillée sans ailes ! » « Tu voles pas haut ! »

— Je n'aime pas voler ! Je ne suis pas un voleur ! ai-je hurlé à tue-tête.

Cooper a couru vers moi, avec la balle, et m'a touché :

– Éliminé !

Dans mon équipe, tout le monde voulait me tuer, sauf Toby peut-être.

Peut-être.

Et ce n'était que la première manche.

13

Le lendemain après l'école, j'ai zappé le parc — tout plutôt que ça. Je suis allé au musée et Prudence m'a donné mon badge d'identification.

— Tu sais quoi ? a-t-elle dit.

— Je suis un peu pressé.

— Mon fils va venir visiter le musée. Je lui ai parlé de toi.

Son corps penchait vers la gauche.

— Oh ! c'est gentil !

Je l'ai attrapée par les bras et je l'ai redressée.

— Je t'ai déjà dit ce qu'il faisait dans la vie ?

— Non.

— Eh bien, assieds-toi une minute et bavardons.

— Je n'ai pas le temps, là tout de suite. (J'ai placé un tabouret derrière elle et je l'ai assise dessus.) Plus tard, peut-être.

— Je suis impatiente de te le présenter. Il veut discuter d'art avec toi. Ça te plairait ?

— Oh ! oui, bien sûr. Il faut que j'y aille, maintenant. À plus tard, Prudence.

J'ai foncé dans le bureau.

Le tableau d'affichage avait complètement changé, et ce n'était plus l'écriture de maman. Il y avait des colonnes avec des dates, des noms, des lieux et des horaires dans un graphisme qui ressemblait à des hiéroglyphes.

J'aurais dû rester dans le bureau et réviser mon vocabulaire, mais je voulais d'abord aller voir mon faux tableau.

Des visiteurs contemplaient mon œuvre et la comparaient avec la photo dans le catalogue du musée. Ça m'a produit une sensation bizarre, je me suis demandé combien de personnes viendraient à mon enterrement.

Un nouveau gardien, que je ne connaissais pas, se tenait dans la salle. Je ne voyais pas M. Snailby. Je m'étais absenté un jour seulement et voilà que quelque chose ne tournait pas rond.

Le nouveau gardien était grand et on voyait ses muscles faire des bosses sous sa chemise. Sa chemise était soigneusement rentrée dans son pantalon ;

il avait une main posée sur sa matraque, l'autre tenait un livre imposant. À sa ceinture, il portait une sacoche remplie de gadgets. Il s'est approché d'un vieil homme dont les orteils avaient dépassé d'un demi-millimètre la ligne sur le sol et a grogné :

— Éloignez-vous du tableau !

Le vieux a reculé avec sa canne et a mis la main sur son cœur.

Le gardien a inspiré profondément, puis a sorti un gadget de sa sacoche et a appuyé sur quelques boutons. Ensuite, il m'a regardé.

— Vous avez besoin d'aide, monsieur ?

— Où est M. Snailby ?

— Si vous désirez des informations sur l'ancien gardien de cette salle, demandez-les à l'accueil.

L'ancien gardien ? J'ai filé et j'ai trouvé maman dans le vestiaire des gardiens. Elle faisait le poirier contre le mur.

— J'ai les pieds en compote, a-t-elle dit.

Ses affreuses chaussures étaient à hauteur d'œil maintenant.

Je pressentais qu'un malheur était arrivé à M. Snailby ou que peut-être il avait été sanctionné pour une faute qu'il n'avait pas commise.

— M. Snailby va bien ?

Maman a abaissé ses pieds et s'est remise debout. Elle avait la figure toute rouge.

— Je l'ai muté dans un autre service.

— J'aimais bien être avec M. Snailby.

— Je sais, mais ses jambes fatiguaient, a répondu maman.

— Qui c'est, le nouveau dans la salle des Matisse ?

— M. Bison. C'est un conseiller en sécurité qui est venu observer le fonctionnement de notre nouveau système. Et écoute bien… (Elle m'a pris la tête à deux mains.) Il a travaillé dans les meilleurs musées du monde. Il a supervisé la sécurité de *La Joconde* au Louvre !

Elle était radieuse.

— Oh, oh ! ai-je dit.

Elle a relâché ma tête.

— Je vais te présenter. (Nous nous sommes dirigés vers la salle des Matisse.) Il est très à cheval sur le règlement. Il est costaud, sérieux, et il en sait plus long que moi sur l'art.

Nous sommes entrés dans la salle.

— Monsieur Bison, j'aimerais vous présenter mon fils, Matisse. Matisse, voici monsieur Bison.

Nous nous sommes serré la main. J'ai cru qu'il allait me broyer les doigts.

— Matisse est ici chez lui, a dit maman. Il peut courir partout où ça lui plaît.

— Il n'est pas question de courir dans le musée.

— Non, c'est une façon de parler, il ne court pas vraiment, a précisé maman. La plupart du temps, il est assis à son chevalet.

Un bip a résonné dans la sacoche de M. Bison. Il a fouillé dedans, a écarté les fléchettes de tranquillisant, son nécessaire pour relever les empreintes et a pioché l'appareil sur lequel il avait déjà pianoté un instant avant. Un message s'affichait en rouge : RECHERCHE TERMINÉE.

— Ce détecteur d'odeurs peut reconnaître mille cinq cents odeurs différentes.

Il a montré le résultat de la recherche : PEIN-TURE À L'HUILE EN COURS DE SÉCHAGE. Il a déroulé le menu pour lire l'indication suivante : 48 HEURES DANS L'ATMOSPHÈRE LOCALE. Son appareil a imprimé le message, il l'a détaché et passé à maman.

— Il y a quelque chose ici qui a été fraîchement peint, a-t-il dit. D'ailleurs, je le sens.

Maman a dodeliné de la tête. Elle m'a tendu l'imprimé.

— Comme vous le savez, a-t-elle dit, la plupart

des tableaux de Van Gogh sont encore humides. Seule la couche extérieure de la peinture est complètement sèche. (Elle était fière de montrer qu'elle s'y connaissait.) Nous avons deux Van Gogh ici.

– Ça peut indiquer quelque chose de louche. Une œuvre d'art retouchée, une toile grattée.

– Si vous découvrez quoi que ce soit d'anormal, a dit maman, j'appelle la police.

– Notre nouveau système d'alerte rouge est opérationnel depuis cette nuit. Il appelle la police automatiquement. Et ils envoient tout de suite des agents.

– Excellent, a répondu maman. Monsieur Bison, Matisse, je vous verrai tout à l'heure au bureau.

Elle est partie.

Je me suis éloigné de Gardzilla pendant qu'il jouait avec son détecteur d'odeurs. Il a attendu qu'un homme et une femme avec des pulls identiques s'en aillent et a pointé son engin sur le tableau le plus proche. L'odoromètre est resté sur zéro. Il a avancé à petits pas et a dirigé le truc sur le tableau suivant.

Je suis sorti en vitesse pour aller chercher mon chevalet et mes tubes de peinture. À mon retour, M. Joconde avait presque fait le tour de la salle avec son renifleur. Il était à deux tableaux de mon *Portrait de Pierre* humide et odorant. J'ai planté mon chevalet juste devant Pierre et j'ai ouvert ma boîte de peinture. J'ai dévissé tous les tubes. J'ai étalé de longs serpentins de peinture sur ma palette et j'ai agité la palette dans l'air pendant qu'il ne regardait pas. Quelques secondes plus tard, le renifleur de M. Joconde lançait des bips près de mon oreille.

Il a eu un air dégoûté.

— Ma vue baisse, a-t-il dit.

Il a imprimé le message, l'a détaché. On y lisait : ICI PEINTURE FRAÎCHE.

Je lui ai pris le papier des mains et j'ai fait l'innocent :

— Oh, zut ! désolé. C'est ici que je peins.

— Vous avez contaminé le secteur. Maintenant il faut attendre soixante-douze heures pour avoir une mesure exacte. (Il a tapoté mon chevalet avec sa matraque.) Ceci n'est pas conforme au règlement, ça gêne la libre circulation des visiteurs dans le musée. (Il m'a montré un schéma dans son livre intitulé *Manuel des gardiens et réglementation générale du musée*.) Votre chevalet doit être à un angle de cinquante-cinq degrés et les pieds de votre siège doivent avoir des embouts en caoutchouc.

J'ai repositionné mon chevalet sous le regard de M. Joconde. Il a mesuré l'angle avec son rapporteur et a noté les calculs dans son carnet. Finalement, le rabat-joie a imprimé une étiquette verte, qu'il a accrochée à mon chevalet.

– C'est bon, a-t-il dit, vous pouvez commencer à peindre maintenant.

Je suis allé chercher mes deux premières copies du *Portrait de Pierre* dans mon casier, celle avec la moustache et celle avec les dents en avant. J'en ai posé une sur mon chevalet, l'autre par terre. J'avais l'intention de peindre par-dessus et d'échanger la meilleure copie avec le chef-d'œuvre qui était à la maison.

C'est alors que M. Joconde est revenu. Il a pointé le doigt sur la section 4 de son manuel : « Il est permis de copier les œuvres d'art mais non de les caricaturer ou d'en faire des reproductions ridicules susceptibles de... »

M. Bison gâchait tout.

– D'accord. J'arrête. Je vais travailler sur autre chose.

J'ai recouvert les portraits à moustache et à dents de lapin, j'ai fait rouler mon chevalet à travers la salle, je l'ai placé dans la bonne position et je me suis assis.

J'ai regardé M. Bison et mon faux Pierre. Je ne pouvais pas peindre. Je faisais zéro progrès dans la solution de mon gros problème. Je n'avais aucune envie de copier un autre tableau. Peindre devenait une sorte de devoir scolaire. Alors, je n'ai rien fait. Au bout d'un moment, j'ai compris. J'ai compris que j'étais un cinglé en herbe. J'étais aussi maboul que le reste de ma famille. Mon faux *Portrait de Pierre* était exactement du même genre que les barbecues, la fixette de Frida sur le violet et les vêtements moches, l'obsession de maman pour l'art. Je leur ressemblais plus que je ne l'avais cru. D'accord, j'étais capable de copier des chefs-d'œuvre mais ça ne me menait à rien. Je n'étais pas un maître. Je n'avais aucune idée personnelle. Et j'avais un lien du sang avec des dingues.

En plus de ça, je trompais tout le monde… et ils en redemandaient ! Allez, venez tous, profitez de l'occasion ! Laissez-moi vous raconter un bon gros bobard. Vous aimez les mauvaises odeurs ? Pointez ce schlinguomètre sur moi et reniflez la sale odeur pourrie qui se dégage de moi : une odeur de copieur grillé.

M. Joconde m'a montré une autre section de son manuel : « Les artistes amateurs doivent remballer leur matériel avant la fin de la journée. » Il m'a dit :

– Vous avez cinq minutes pour obtempérer.

Pas de problème. J'avais décidé de renoncer définitivement à la peinture. J'ai remballé toutes mes affaires et je les ai déposées dans le vestiaire. Il m'a fait promettre d'emporter les caricatures de Pierre hors du musée.

M. Joconde m'a accompagné jusqu'au bureau du personnel de sécurité. Il s'est arrêté, la main sur la poignée de porte.

— Où allez-vous ? m'a-t-il dit.

— J'ai le droit d'entrer. Demandez à ma mère.

— Ce sera à reconsidérer.

M. Joconde m'a regardé de haut en ouvrant lentement la porte. Je me suis précipité vers le bureau de maman et j'ai pris un siège.

Toutes sortes de gadgets étaient alignés sur la table de conférence. Maman lisait des documents. Elle a levé les yeux quand nous sommes entrés.

— Monsieur Bison, sur quoi travaille votre équipe ce week-end ? a-t-elle demandé.

— Chaleur, humidité, poussière, saleté, lumière et radiations solaires peuvent causer des dommages irréparables aux tableaux, a dit M. Bison. (Il a ramassé quelques gadgets sur la table en parlant.) Nous allons placer des thermostats de contrôle réglés sur dix-huit degrés, ainsi que des hygromètres réglés sur 60 % et des capteurs de lumière sur un facteur d'affadissement de 02. Des filtres à poussière seront installés sur tous les conduits d'aération. Voici également un grand assortiment de gants et de mouchoirs en papier antiacides et de peaux de chamois, indispensables pour toute manipulation de la collection.

– Ce sera tout ?

– Nous terminerons par une conférence sur les vols d'œuvres d'art et le vandalisme : comment réagir, comment arrêter un suspect, comment appeler la police, comment rédiger un rapport, comment témoigner devant le tribunal pour s'assurer que le malfaiteur sera condamné à une peine de prison maximale.

– Merci, monsieur Bison.

– Bonne nuit.

M. Bison a quitté la pièce.

– Maman, je peux prendre des gants, des mouchoirs antiacides et des peaux de chamois ?

– Bien sûr. Nous avons beaucoup de provisions.

14

Voler le tableau était déjà grave, mais ce n'était rien en comparaison de ce que je risquais si je l'endommageais. La punition qui me pendait au nez n'était pas une heure de colle, mais plusieurs années dans un endroit appelé prison. Je serais derrière des barreaux et je passerais mon temps — dix ou vingt ans — à graver des traits sur un mur en béton pour compter les jours.

À notre arrivée à la maison, le garage était ouvert. La voiture de papa était garée sur la pelouse et, apparemment, un lourd chargement la faisait pencher vers l'arrière.

— Matisse, j'ai besoin d'un coup de main.

— Une minute.

J'ai foncé dans la salle de séjour, j'ai tamisé les lumières, réglé le thermostat sur dix-huit degrés et épousseté toutes les surfaces de la pièce avec une peau de chamois antiacide. Ce qui m'embêtait, c'était que je ne connaissais pas le degré d'humidité.

En revenant, j'ai vu Frida dans le garage. Sa dernière création était épinglée sur Fridakenstein et elle tournait autour, en collant des bidules dessus avec un fer à repasser chaud.

Man Ray était devant la maison, il jouait dans son bac à sable, équipé de seaux et de pelles.

— Tu joues aux camions-poubelles avec moi ?

— Désolé. Je dois aider papa.

— Pourquoi ?

— Quelque chose à sortir du coffre.

— Pourquoi ?

— Tu comprendras quand tu seras plus grand.

— Pourquoi ?

— Parce que tu seras obligé de faire pareil.

J'ai aidé papa à charger quarante kilos de charbon de bois dans son nouveau barbecue. Il a aspergé le charbon avec deux bouteilles d'alcool à brûler et y a mis le feu à l'aide d'un minichalumeau. Il aurait pu envoyer des signaux de fumée jusqu'en Argentine.

— Ne t'éloigne pas, a-t-il dit. Nous allons sortir le sanglier du coffre quand la braise aura pris.

— Ça pèse combien, un sanglier ?

— Oh ! dans les soixante kilos, facile.

Autrement dit quinze kilos de plus que moi.

— On va rigoler, papa.

Je suis allé à mon poste de travail dans le garage et j'ai pris une grosse boîte à bijoux en bois sur l'étagère du bas. Elle était vieille et le couvercle était cassé. On voyait les rangées de cases cloisonnées, carrées, qui avaient dû contenir jadis des bracelets et des colliers. Mais le plus beau était invisible, il fallait savoir où regarder. Il y avait un tiroir caché à la base, qu'on pouvait ouvrir en poussant à un endroit précis, secret, sur le devant. Le tiroir faisait environ sept centimètres de haut et avait la même superficie que la boîte.

J'ai découpé la figure de *La Joconde* dans un magazine d'art et je l'ai fixée dans l'une des cases prévues pour les bijoux. Une touche de colle, une punaise et le tour était joué, elle tenait. Sur le sol du garage, il y avait des bouts de métal tordus et tire-bouchonnés qui me faisaient penser à des arbres dans une forêt. Je les ai placés sur un carré que j'ai peint en bleu : l'effet était très réussi. Avec de la glaise, j'ai façonné un petit personnage que j'ai installé entre les arbres métalliques.

— Eh ! ai-je dit à Frida.

Elle m'observait depuis je ne sais combien de temps.

— Je vais mettre ça pour mon anniversaire. Qu'est-ce que tu en penses ? Je dois ajouter quelque chose ? a-t-elle demandé.

— J'aime pas que tu m'espionnes.

Je me suis levé pour la regarder :

— Qu'est-ce que c'est que ça ?

— La partie gauche est une robe de petite fille, la partie droite une robe de femme adulte, ce que je serai demain quand j'aurai quinze ans. (Elle s'est tournée d'un côté.) Le passé. (Elle s'est tournée de l'autre.) Le présent.

— Et le tout en violet. Des deux côtés, tu as l'air zarbi.

— Raaaaa. Toujours aussi aimable.

Avant de me lever, je n'avais pas remarqué qu'un groupe de gens s'était rassemblé sur notre pelouse. Toby n'était pas là, mais Lizzie et ses copines, oui. La fumée du barbecue s'élevait en gros nuages dans le ciel. Papa expliquait la raison de ce brasier infernal aux voisins en disant que c'était le prix à payer pour avoir de la viande de sanglier tendre.

Frida est sortie dans sa double personnalité cousue main.

Papa m'a aperçu dans le garage.

— Matisse! J'ai besoin de toi maintenant, a-t-il dit en brandissant ses pinces à viande.

Je n'ai pas bougé.

— Matisse, a-t-il répété. Un coup de main, s'il te plaît.

Me coltiner soixante kilos de sanglier pourri en public? Pas question. Je me suis caché sous mon établi.

Évidemment, Frida est arrivée aussitôt et m'a lorgné en disant:

— Et c'est moi qui suis zarbi? Papa a besoin de toi maintenant, sinon le sanglier sera fichu.

— On n'a qu'à manger des hamburgers! Je déteste ta robe… des deux côtés.

— Moi, je l'adore. Et j'aime la cuisine de papa. Pour qui tu te prends? Allez, debout! Va aider papa.

Je suis sorti en baissant les yeux. Papa m'a passé ses affreuses pinces crochues. Je devais faire appel à tous les muscles du haut de mon corps pour les manier.

La bête qui marinait dans le coffre était un monstre. J'ai ouvert les pinces, je les ai positionnées, je les ai serrées autour du cadavre mastoc et j'ai soulevé. Papa a enfoncé sa fourche dans l'animal.

Le public a poussé des ho! et des ha!

Nous avons déposé la bête dans le barbecue.

Tout le monde a applaudi.

Papa a fait une déclaration :

— Frida vous invite tous à son dîner d'anniversaire demain soir. Pour nous excuser du dérangement.

Gras, gluants et poisseux sont les meilleurs adjectifs pour décrire l'état de mes vêtements quand nous avons eu fini. L'odeur allait rester sur mes mains pendant des jours. J'ai tourné les talons et je suis parti.

— Matisse! a crié papa. Remporte les pinces à viande dans la cuisine.

Je ne me suis pas arrêté.

Plus tard, dans la nuit, je suis retourné dans le garage parce que je n'arrivais pas à dormir. La nouvelle robe moitié-moitié de Frida était sur Fridakenstein. Elle lui avait ajouté des boutons, faits de glands qu'elle avait piqués dans ma collection et peints à la bombe violette.

15

Le lendemain, un arôme de sanglier grillé régnait dans la maison.

J'avais beau retourner la question dans tous les sens, le résultat était le même : anniversaire + tableau volé = catastrophe. Et ça signifiait que j'allais porter une tenue à rayures comme les Dalton avec un numéro dans le dos. Il fallait décrocher ce tableau du mur.

J'ai emporté la boîte à bijoux en bois dans la salle de séjour. J'ai ouvert le tiroir secret. Je l'avais tapissé de papier antiacide. Il était assez grand pour contenir le portrait, qui était un petit tableau, je le rappelle.

J'ai mis les gants antiacides, j'ai décroché le *Portrait de Pierre* et je l'ai délicatement déposé dans le tiroir. Mais, alors que je ne l'avais pas encore refermé, maman est entrée dans la pièce.

— Écoute, jeune homme. Tu as vexé ton père, hier soir, a-t-elle dit.

— Maman, il faut que je te parle.

— C'est à ton père que tu dois parler. (Elle a pointé le doigt sur Pierre.) Je veux que ce tableau soit sur le mur pour la fête ce soir. Tu joues au musée avec ces gants spéciaux ?

Elle a sorti Pierre du tiroir à mains nues !

— Maman, je ne joue pas. C'est sérieux. Il faut que je te parle.

Elle a remarqué les cases que j'avais décorées. Elle a mis son doigt sur celle qui avait la tête de *La Joconde*.

— J'aime bien la punaise dans son œil.

Sans hésiter, j'ai repris le tableau des mains de maman et je l'ai rangé dans le tiroir. Ce n'était plus le moment de faire les choses en douce.

— Je veux ce tableau, ai-je dit.

— Matisse, tu fais toujours des caprices pour détourner l'attention le jour de l'anniversaire de ta sœur. Tu as commencé hier soir.

— Des caprices ? C'est un cauchemar. Tu devrais t'asseoir.

Man Ray est arrivé en pleurant. Il avait la lèvre coincée dans une pince à cheveux.

Maman s'est accroupie et a retiré la pince. Elle l'a pris dans ses bras et il a continué à brailler.

— Maman, ce tableau ! (Il fallait que je crie pour couvrir les pleurnicheries de Man Ray.) Je le veux !

Elle caressait les cheveux de Man Ray en disant : « Chut… là… là… », mais il n'arrêtait pas de pleurer. Je ne voulais plus me contenter de « régler le problème tout seul ».

— Maman, ce tableau est celui du musée.

Elle ne m'écoutait pas. Elle arrivait à peine à tenir Man Ray qui donnait des coups de pied.

— Maman ! (J'ai haussé la voix.) Tu ne m'écoutes pas !

— Quoi ?

Elle s'est mise à faire sauter Man Ray dans ses bras.

Man Ray piquait une colère.

Pour faire plus d'effet, j'ai brandi le tableau bien en évidence devant ma mère et mon braillard de frère.

— J'ai besoin d'aide pour rapporter ce Matisse original au musée afin que tu ne perdes pas ton emploi et que je n'aille pas en prison ! ai-je hurlé. C'est ma copie pourrie qui est exposée au musée.

Le visage de maman se tordait d'un côté.

— Hein ? (Elle avait une voix de trompette et elle postillonnait du coin de la bouche.) Qu'est-ce que tu as dit ? Je ne t'entends pas.

— Maman, écoute-moi !

Papa est entré à ce moment-là et a touché la joue de Man Ray en disant, lui aussi :

— Là… là…

Maintenant qu'ils étaient présents tous les deux, ça allait être beaucoup plus difficile d'annoncer la mauvaise nouvelle.

Les pleurs de Man Ray se sont calmés. Il a fermé les paupières. Maman l'a couché sur le divan.

Papa ne me quittait pas des yeux.

— Dis donc, toi, il faut qu'on parle.

— Il faut surtout que je parle à maman.

Et voilà que Frida est entrée à son tour. Elle tenait sa nouvelle robe à bout de bras.

— Maman ! a-t-elle dit. (Elle m'a vu et m'a montré du doigt.) Tu as abîmé ma robe !

— Tu as pris des trucs qui m'appartenaient sans me demander la permission et tu les as violettisés. Je les ai ôtés.

— Raaaaa ! Je te déteste !

Frida est sortie de la pièce en coup de vent.

J'ai remis Pierre dans le tiroir.

— Si tu déplaces ce tableau, tu vas bouleverser mon système, a dit maman. (Elle a repris Pierre dans le tiroir et l'a raccroché au mur.) Ça suffit, ces caprices. Parle à ton père.

Et elle a suivi Frida.

— Holà, holà, mon garçon, tu accumules les problèmes. Apparemment, je ne suis pas le seul que tu déçois.

Il ne croyait pas si bien dire : j'étais encore plus décevant qu'il ne l'imaginait. Je voulais en finir avec notre petite conversation.

— Je suis désolé pour hier soir, papa. Je voulais me cacher, c'est tout. Je ne voulais pas être là. Désolé.

— Tu voulais être où ?

Quelle drôle de question ! J'aurais bien aimé que Man Ray se lève et se mette à brailler de toutes ses forces.

— J'sais pas, papa… au parc.

Je ne savais vraiment pas quoi répondre.

— Si tu restes ici bêtement en regrettant de ne pas être au parc, eh bien tu sais quoi ? Tu n'es ni ici ni au parc. Alors, tu es où ?

Aucune idée. Où voulait-il en venir ?

— J'sais pas, papa.

– Ta conduite est répréhensible. Qu'est-ce qui se passe ?

Comment lui faire comprendre sans le vexer encore davantage ? C'était impossible. Donc, j'ai carrément répondu :

– J'en ai assez de vous tous. Toi, maman, Frida. Vous ne vous occupez pas de ce que pensent les autres. Moi oui.

Papa a poussé un soupir et a regardé par la fenêtre avant de répondre.

– Avant de faire quoi que ce soit, voici les questions que je me pose : est-ce que je suis utile à quelqu'un ? Est-ce que j'apprends quelque chose ? Est-ce que ça me fait rire ? Est-ce que ça a bon goût ? Et voici la question que je ne me pose jamais : qu'est-ce que les autres vont penser de ce que je fais ?

*
* *

J'ai passé le reste de l'après-midi dans le garage. J'avais l'impression d'être la honte du siècle. J'ai peint la figure de Pierre sur un morceau de polystyrène, que j'ai calé dans l'un des casiers de la boîte en bois.

Puis j'ai peint par-dessus mes deux copies de Pierre, j'ai effacé la moustache et les dents de lapin. Je venais de terminer quand Toby s'est pointé dans le garage. Il a laissé tomber à terre un sac plein d'affaires pour la nuit.

— Tout le quartier est ici, y compris Lizzie. Elle ne voulait pas rater l'anniversaire d'une grande fille, tu parles. (Toby a aperçu Pierre peint sur le polystyrène.) Arrête avec ça, Matisse. (Je n'avais jamais vu Toby aussi sérieux.) Ça devient une obsession. Tu as fait une erreur, bon, mais ne te laisse pas ronger par cette histoire. Soit tu l'oublies, soit tu la répares… sinon, ça va te pourrir la vie.

— Je vais remplacer le portrait qui est sur le mur par un de ceux-ci.

— Pas maintenant, ta maison est pleine de monde. Mais il faut faire quelque chose, c'est sûr. Sans tarder.

Papa a passé sa tête par la porte.

— Le civet de sanglier est prêt. Venez.

Toby m'a tiré par le bras :

— Rigolons un peu, mangeons du gâteau. Allez, viens.

Dans la salle de séjour, des adultes mangeaient dans des assiettes posées sur leurs genoux. Les enfants étaient dehors. Pierre semblait à l'aise au-dessus du divan, malgré la température, le courant d'air, la poussière qui volait et le degré d'humidité inconnu.

Les portes coulissantes donnant sur le jardin étaient ouvertes. Papa distribuait des assiettes. Frida était au centre d'un groupe de filles qui mangeaient et riaient. Je voyais l'arrière de la tête de Lizzie.

Nous nous sommes dirigés vers le buffet où officiait papa. Il portait une toque de cuisinier et les mots *Maestro de la viande* s'étalaient sur son tablier.

— Mangez autant que vous pouvez, a-t-il dit. Il y a du civet de sanglier ou de la pizza. Quand vous aurez fini, remplissez le questionnaire.

Je voulais de la pizza, mais j'avais peur de vexer papa encore une fois.

— Sanglier, s'il te plaît.

Toby a engouffré un gros morceau de sanglier dans sa bouche.

— C'est drôlement bon.

Pour moi, ça avait le goût que doit avoir une semelle enduite de boue. Je me suis demandé s'il existait une maladie du sanglier fou, comme la maladie de la vache folle. Après quelques bouchées, j'ai eu l'impression que la flamme olympique brûlait dans mon estomac.

— Matisse, a dit maman, quand tu auras mangé, va chercher les raquettes de badminton dans le placard de l'entrée.

Frida a agité un manche à balai en disant :

— L'enfer dans la salle de séjour.

— Je sens qu'une photo s'impose, a dit Toby en sortant son téléphone portable de sa poche. Je vais en prendre quelques-unes.

— Surveille Pierre... Je reviens tout de suite, ai-je dit.

Toby a fait le signe « OK » en levant le pouce, puis il est entré dans la salle de séjour.

J'ai fouillé dans le placard pour dénicher les raquettes, sans me presser.

Au bout d'un moment, Toby est sorti de la salle de séjour. Il me cherchait.

— J'ai des photos super pour un éventuel chantage. (Il les a fait défiler sur l'écran de son appareil.) Regarde celle-là. Frida se penche tellement en arrière qu'on dirait qu'elle n'a pas de tête. Et Lizzie... on lui voit la raie des fesses.

J'ai observé la photo. Je n'entendais plus ce qu'il disait. Je me suis levé d'un bond et j'ai foncé dans la salle de séjour. Le mur était vide ! Pierre avait disparu !

Des splatch ! sploutch ! et des cris d'encouragement parvenaient du dehors.

On est sortis en courant.

Splatch! Plitch!

Splatch! Ploutch!

Et j'ai vu Pierre, les trois Pierre.

Frida m'a aperçu et m'a tiré la langue. Puis elle a éclaté de rire.

Les tableaux étaient accrochés à la clôture. Les filles s'étaient mises en rang à trois mètres des tableaux et lançaient dessus des bombes à eau. Les ballons explosaient et de grosses flaques se formaient sur la clôture. Heureusement, elles ne savaient pas viser. Où était maman, l'ayatollah de la peinture, quand j'avais besoin d'elle?

Toby m'a agrippé par l'épaule.

— T'as intérêt à récupérer ce tableau immédiatement, vieux.

Lizzie était la première de la file. Elle se préparait à lancer une bombe à eau en plein sur les tableaux.

— Aïe, a dit Toby, Lizzie est la meilleure lanceuse de son équipe de base-ball.

— Lizzie! Non! ai-je crié d'un ton sec. Lizzie! Ne lance pas ce ballon!

Elle a tourné la tête vers moi. Nos regards se sont croisés. J'ai encore haussé la voix:

— Arrête! Pose ça tout de suite!

Je n'avais pas l'intention de la laisser gâcher ma

vie éternellement. Je suis allé vers la clôture au pas de charge en fusillant Lizzie du regard. J'ai décroché le chef-d'œuvre. Tout le monde m'observait. Je suis passé à côté de maman, qui portait un énorme gâteau violet hérissé de bougies allumées.

— Joyeux anniversaire, Frida ! a-t-elle dit.

Je suis parti avec Pierre et j'ai trouvé une cachette pour le reste de la nuit.

16

Le lendemain matin, je me suis réveillé dans le placard où j'étais allé me cacher. Pierre était sur mes genoux, sur un lit de papier antiacide, exactement là où il se trouvait quand je m'étais endormi. La porte du placard était ouverte et Toby ronflait dans l'entrée. Il avait le bas de son tee-shirt dans la bouche.

La sonnette de la porte a retenti. À mesure que les parents arrivaient, maman faisait sortir les filles. En traversant l'entrée, elle a poussé Toby du bout de sa pantoufle.

— Debout tout le monde, a-t-elle dit. La fête est finie.

J'avais dormi entre une pagaie de canoë et une crosse de hockey. J'étais resté immobile toute la nuit. J'avais des fourmis dans les bras et les jambes.

Lizzie est venue se camper devant Toby. Elle était

juste à côté du placard. Elle s'est penchée à l'intérieur et m'a souri.

— Tu as bien dormi?

— J'ai mal partout. À part ça, je vais bien.

— N'empêche que tu as l'air vraiment idiot dans ce placard.

Je n'étais pas d'humeur à me laisser chambrer par Lizzie. Je voulais qu'elle s'en aille.

— D'accord, tchao! ai-je dit.

Mais elle n'est pas partie. Elle est restée là et, finalement, a dit:

— C'est sympa que tu sois un artiste.

Lizzie qui me disait un truc gentil! Alors ça, c'était nouveau. Je me suis méfié tout de suite.

— Sans blague?

— Ouais. (Elle a regardé les chaussettes sales qu'elle tenait à la main.) J'aimerais pouvoir faire des trucs comme toi, a-t-elle ajouté.

Ça m'a surpris aussi.

— Bien sûr, bien sûr…

— Comme ces tableaux.

— Qu'est-ce qu'ils ont, ces tableaux?

— Je n'aurais jamais lancé une bombe à eau dessus, tu sais, même si tu n'avais pas crié. Surtout sur le bon.

— Le bon ?

— Oui, celui qui est mieux que les deux autres, celui avec… (Elle réfléchissait.) Celui qui a… un petit quelque chose en plus. Celui qui est sur tes genoux.

Je n'en croyais pas mes oreilles. Lizzie était capable de voir la différence.

— Tu as de la chance, a-t-elle dit en montrant le tableau du doigt, que je ne t'ai pas envoyé un lob dans le portrait.

J'ai dressé Pierre face à Lizzie et je l'ai fait bouger en parlant avec une voix de marionnette :

— Un lob dans mon portrait ? Ah, non merci.

On a éclaté de rire ensemble.

— Parle-moi un de ces jours, a-t-elle dit. Quand tu ne seras pas trop occupé à te peindre toi-même.

On a éclaté de rire à nouveau.

Lizzie a laissé tomber ses chaussettes sur la figure de Toby, puis elle est partie.

Toby s'est assis.

— Est-ce que j'ai bien entendu ?

— Je crois que oui, ai-je dit.

Toby s'est levé et s'est traîné dehors. Quand tous les autres ont quitté notre maison, j'ai emporté Pierre dans ma chambre. J'avais encore les jambes endolories.

*
* *

C'était dimanche et personne ne s'est habillé de toute la journée. De temps en temps, maman nettoyait quelque chose, papa allait bricoler dans le garage et Frida essayait un de ses nombreux cadeaux d'anniversaire. Mais, dans l'ensemble, chacun préférait la position couchée. Les téléphones étaient débranchés, les rideaux fermés, et nous étions comme des bateaux voguant dans la nuit. Même Man Ray, qui pourtant était le seul à s'être couché à l'heure habituelle la veille au soir, appréciait notre comportement d'hommes des cavernes. Dans notre chambre.

J'ai déposé Pierre sur les oreillers de mon lit et j'ai tout raconté à Man Ray. C'était un bon public. Je lui ai dit comment je m'étais retrouvé en possession du tableau, en ajoutant que je risquais d'aller en prison s'il subissait les moindres dégâts. Man Ray ne m'a pas jugé, ne m'a pas mis la honte. Il a rigolé quand j'ai enfilé le tee-shirt à rayures assorti à celui de Pierre. Il a eu l'air soucieux quand je lui ai parlé des bombes à eau. Il a été furieux que M. Joconde sache qu'il y avait de la peinture fraîche sur un tableau du musée. Et, quand je lui ai expliqué que maman pouvait perdre son emploi, ça l'a rendu triste.

– Man Ray, il faut que je restitue ce tableau.

– Il est à moi.

– Non, ni à toi ni à moi. Il appartient au monde entier.

Nous sommes restés assis en silence à regarder le chef-d'œuvre. Lizzie avait raison : il avait « quelque chose ». Ça se sentait. Le mien avait été peint avec ma main. Le vrai venait des profondeurs d'Henri Matisse.

– Suis mon conseil, Man Ray. Quand tu fais quelque chose, fais-le par toi-même. Ne copie pas les autres, sinon rien ne viendra de toi. Commets tes propres erreurs. Ne fais pas ce que je fais, fais ce que je dis.

Je commençais à parler comme un vieux.

L'histoire du *Portrait de Pierre* nous avait fatigués tous les deux. Nous nous sommes pelotonnés l'un contre l'autre et nous avons fait une longue sieste.

En fait, j'ai même dormi plus longtemps que Man Ray. Parce que, quand je me suis réveillé, il jouait avec le tableau. Il essayait d'ouvrir la bouche de Pierre pour lui faire sucer sa tétine.

Là, j'ai compris qu'il était inutile de lui raconter l'histoire de Pierre et que je devais le surveiller comme le lait sur le feu, tant que mon gros problème serait dans la maison.

Donc, pendant qu'il ne regardait pas, j'ai glissé Pierre sous mon lit.

Nous avons passé le reste de l'après-midi ensemble dans le garage. Assis à côté de mon établi, Man Ray a fait des coloriages tandis que je décorais d'autres cases de la boîte en bois. J'en ai tapissé une avec l'imprimé PEINTURE À L'HUILE EN COURS DE SÉCHAGE de M. Joconde. Dans une autre, une rangée de cure-dents en guise de barreaux de prison maintenait enfermée la petite balle de Toby. Dans une troisième, des bombes à eau dégonflées, que j'avais retroussées, ressemblaient à des chauves-souris endormies. J'ai fixé un vieux badge de maman dans un cadre que j'ai fabriqué avec de la terre glaise, et ça m'a fait sourire.

La journée est passée vite. Je n'ai pas eu le temps de réaliser toutes mes idées. À la tombée de la nuit, j'ai rangé Pierre dans le tiroir secret avec le papier antiacide. Il pouvait rester là pour la nuit. Il était en sécurité.

Le lendemain, je l'emporterais à l'école et je le cacherais dans mon placard de vestiaire en attendant de pouvoir le rapporter au musée. Alors, la balade de Pierre serait vraiment terminée.

17

Le lendemain matin, il pleuvait à verse. Ce n'étaient pas de petites gouttes, il tombait des cordes. Ma vie était un orage qui correspondait parfaitement à la météo. Ce n'était pas un temps à mettre un tableau dehors.

J'ai crié dans mon oreiller et, quand j'ai levé les yeux, Man Ray avait ma boîte. Il avait sorti Pierre. Sur le moment, je n'ai pas réagi, puis j'ai vu deux traînées de bave d'escargot dégouliner de ses narines. Il a renversé la tête en arrière.

J'ai marché à quatre pattes jusqu'à lui, je lui ai pincé le nez et la bouche, et je lui ai piqué le tableau. Il était temps : Man Ray a poussé un éternuement d'enfer, qui a projeté des éclats d'obus partout.

— Man Ray, est-ce que tu peux dire « mon frère est en prison » ? lui ai-je demandé en remettant Pierre dans la boîte.

— Pierre parti ? a babillé Man Ray.

— Je voudrais bien. Mais il est encore ici.

Maman a passé sa tête par la porte.

— Aujourd'hui, tenue de pluie complète.

— Pierre parti, maman, a dit Man Ray.

J'ai mis ma main sur la bouche de Man Ray.

Maman est entrée dans la chambre.

— Mais enfin, qu'est-ce que tu fais, Matisse ? Tu essaies de voir combien de temps ton frère peut tenir sans respirer ?

J'ai retiré ma main gluante et j'ai lancé à Man Ray un regard qui signifiait : «T'as intérêt à la fermer.» Évidemment, ça n'a pas marché.

— Matisse, je t'en prie, lave-toi les mains.

— Pierre parti, a répété Man Ray.

Maman a pris Man Ray dans ses bras.

— Qui est Pierre ?

— Travail maman parti.

— J'ai un travail. J'aime mon travail.

— Pierre parti. Travail maman parti.

Man Ray s'est mis à pleurer.

Elle a posé les lèvres sur le front de mon petit frère.

— Tu as de la fièvre ? Tu délires. Je vais moucher ton nez et nous allons manger le plat du jour de papa.

Ils m'ont laissé seul dans la chambre. C'est-à-dire

seul avec messire Problème calfeutré dans le tiroir de ma boîte décorée. Je commençais à le détester. Comment les choses avaient-elles pu empirer si vite ?

J'ai ouvert le tiroir et j'ai eu une petite conversation avec Pierre.

– Est-ce que je vais pouvoir avoir une journée d'école normale ou est-ce que j'aurai besoin de m'abriter dans une tranchée pleine d'eau avec des crocodiles, sous la protection de gardes perchés sur le toit ? Hein ? D'accord, je reconnais, tu es un article unique et irremplaçable, mais tu es tout seul. Finis, les traitements de faveur. Finis, les cachettes ou les boucliers humains pour te protéger des choses graisseuses, mouillées ou explosives qui cherchent à t'atteindre. Tu es un enfant gâté et exigeant. Tu vas devoir rester ici un jour de plus et, crois-moi, ça ne me plaît pas plus qu'à toi. Alors, arrête de ricaner, de bouder et de faire le malin parce que, pour autant que je sache, tu n'es même pas un bonhomme réel. Tu n'es qu'un type en deux dimensions, donc je suis supérieur à toi, pas vrai ?

Pierre n'a pas répondu.

– Bien. Ravi de t'avoir parlé.

J'ai refermé le tiroir et j'ai laissé la boîte sur ma commode. Je suis parti pour l'école.

18

Plus tard, au musée, j'ai vu qu'il se passait quelque chose. Le parking était plein à craquer et j'ai dû faire la queue sous la pluie, rien que pour atteindre la porte d'entrée. Quand je suis arrivé à l'accueil, Prudence n'était pas là. Une autre bénévole avait pris sa place.

— Où est Prudence ? ai-je demandé.

— Elle dirige une visite guidée, a dit la bénévole. Un personnage très important est ici.

Le couloir central était bondé de gens qui prenaient des brochures et se dirigeaient vers les salles d'exposition. Et dire que j'allais tous les berner malgré moi, une fois de plus, avec mon faux tableau ! Je n'étais pas fier, j'aurais encore préféré enfoncer mon doigt dans une prise de courant.

J'ai déposé mes affaires et je suis parti en direction de la galerie Est et de la salle des Matisse.

M. Joconde était posté à l'entrée de la salle. Il m'a barré le passage avec sa matraque.

– Stop ! Je vous arrête tout de suite.

– Vous m'arrêtez ?

– Matisse ! a crié une voix derrière moi.

Je me suis retourné. C'était Prudence. Elle était à peu près à cinq mètres. À côté d'elle, il y avait un policier gigantesque.

– C'est lui ! a dit Prudence en me montrant du doigt.

Le policier a pointé le doigt aussi, mais le sien ressemblait à un revolver.

Est-ce qu'il venait m'arrêter ? Je n'ai pas pris le temps de réfléchir. Je me suis faufilé sous la matraque de M. Joconde et j'ai foncé vers la sortie à l'autre bout de la salle, en zigzaguant entre les gens. J'ai regardé une dernière fois derrière moi, avant de tourner le coin.

Je ne voulais pas me laisser arrêter en plein musée devant tous ces gens.

Je courais comme une gazelle, je sillonnais les galeries et les couloirs. J'ai arpenté toutes les ailes du musée. Quand j'ai été sûr d'avoir complètement semé Prudence et le flic, j'ai tracé en direction de la porte d'entrée. Mais je n'y suis pas arrivé.

— Le voilà ! Matisse !

J'ai fait volte-face et j'ai couru dans l'autre sens.

— Arrête-toi ! ont-ils crié.

Je ne les ai pas écoutés. J'ai foncé vers l'arrière du musée, en laissant de côté la salle des Matisse, jusqu'au vestiaire des gardiens. Il n'y avait personne. J'ai contourné la rangée de casiers et je me suis assis pour reprendre mon souffle. J'inspirais de grandes goulées d'air quand j'ai entendu quelqu'un entrer.

Je ne voyais pas qui c'était. Un casier s'est ouvert.

La personne a appuyé sur les boutons de commande d'un objet mécanique.

— Lundi. Pause café numéro cinq. (C'était M. Joconde qui parlait dans un magnétophone.) Grosse affluence au musée. Matisse a couru à travers l'exposition. N'a pas répondu au coup de sifflet.

Il fallait que je me cache. Je n'avais qu'une solution : me faufiler dans un casier. En me recroquevillant pour transformer les parties arrondies de mon corps en carrés et en calant mon nez contre un crochet, j'ai réussi à tenir dedans.

À travers la porte du casier, j'ai entendu quelqu'un d'autre entrer dans le vestiaire.

— Vous avez vu Matisse ?

C'était la voix de Prudence.

– Pas depuis qu'il a pris la fuite, a répondu M. Joconde.

– Il faut que je le trouve.

Ça, c'était le policier.

– Monsieur, je vais fouiller le musée, a dit M. Joconde, et je vais l'appréhender.

Je n'étais pas certain de savoir ce que ça signifiait, mais l'idée d'être «appréhendé» par M. Joconde ne me disait rien de bon. J'ai attendu que tout le monde soit parti. Puis je me suis extirpé du casier.

Au fond du vestiaire, il y avait un ascenseur de service. Les portes étaient ouvertes, je me suis glissé à l'intérieur. Problème : cet ascenseur n'allait qu'au sous-sol et je n'avais aucune envie d'y descendre parce qu'il ferait noir. J'ai enfoncé le bouton FERMETURE DES PORTES et j'ai gardé le doigt appuyé dessus. Je serais resté là jusqu'à ce que le musée ferme, mais une sonnerie a retenti, un couvercle en plastique s'est soulevé et une manette est apparue, avec l'inscription : TIRER POUR APPELER LES POMPIERS.

J'ai relâché le bouton FERMETURE DES PORTES et j'ai reculé dans un coin. Les portes se sont rouvertes. La sonnerie a cessé. Cinq secondes plus tard, les portes se sont refermées. Puis rouvertes.

Puis refermées. Rouvertes, refermées… L'ascenseur pouvait sentir ma présence. À leur réouverture suivante, j'ai écarté les jambes, j'ai hissé mes pieds sur la rampe et j'ai appuyé le dos dans le coin. Les portes sont restées fermées. Ça avait marché. Ha, ha !

— Matisse, qu'est-ce que tu fais ? a lancé une voix venue de nulle part.

— Qui c'est ? ai-je demandé en essayant de ne pas avoir l'air effrayé.

— C'est Mlle Whitsit, au poste de contrôle. Je te vois, tu déclenches toutes sortes d'alarmes sur ma console.

J'ai levé les yeux. La caméra de vidéosurveillance, fixée au plafond, était braquée directement sur moi.

— Matisse, a dit Mlle Whitsit, descends de cette rampe et arrête de faire l'imbécile.

— Il faut que je…

— Sors de l'ascenseur. Il y a un policier qui…

Je suis sorti comme une flèche, j'ai traversé le vestiaire et je suis rentré dans le musée.

Il y avait moins de monde qu'avant. Je n'ai vu ni Prudence ni le policier.

J'étais obligé de repasser par la salle des Matisse pour sortir. Il y avait un panneau : EXPOSITION MATISSE FERMÉE. La porte d'entrée était bâchée.

J'ai regardé autour de moi. Des caisses étaient entassées dans le coin. Plusieurs tableaux avaient été décrochés. Mon faux n'était pas là ! Ils avaient fermé l'exposition à cause du chef-d'œuvre disparu !

J'ai couru vers la sortie sans m'arrêter. J'étais presque dehors, mais M. Kramer m'a attrapé par le bras et m'a tiré vers l'intérieur.

— Par ici, mon gaillard, a dit M. Kramer en m'entraînant vers la porte de l'auditorium. Là. (Il a ouvert la porte et a pointé le doigt vers la salle plongée dans l'obscurité.) Entre, ça commence.

— Mais je…

— Je leur avais dit que je t'attraperai. Maintenant, entre.

19

Je suis entré dans l'auditorium et M. Kramer a fermé la porte derrière moi.

Il faisait sombre, mais je distinguais les contours des gens assis sur les sièges. La salle était bondée. Un unique rayon de lumière éclairait un podium au milieu de la scène. Le rideau du fond s'est entrouvert et un homme est apparu sur la scène. Il était légèrement voûté et marchait lentement vers le centre. Le tissu de son costume luisait. Il avait des chaussettes rouges. Arrivé devant le podium, il s'est arrêté un instant pour reprendre son souffle. Il était ridé et n'avait plus beaucoup de cheveux. Il était vieux. Son visage était dans l'ombre mais, quand il a levé le menton et que la lumière a brillé sur ses yeux, j'ai compris.

Le vieux monsieur a parlé avec un accent français.

– Mon nom est Pierre Matisse. Mon père était Henri Matisse.

Tout le monde a applaudi.

Je me suis senti pâlir. Le Pierre du tableau – lui, ça, mon gros problème – était debout juste là. En personne. Beaucoup plus vieux, mais c'était bien lui. J'ai mis mes mains sur ma bouche juste à temps pour m'empêcher de dire *oh ! non, oh ! non, oh ! non.*

Du plafond est descendu un grand écran sur lequel un tableau a été projeté.

Le vieux Pierre a commencé son discours :

– Quand mon père s'est mis à la peinture…

Pierre parlait, mais je n'écoutais déjà plus ce qu'il disait. Je regardais ses lèvres former les mots mais ce que j'entendais, c'était l'écroulement de mes années d'adolescence qui dégringolaient une à une. Tour à tour, des images des tableaux de son père étaient projetées et des mots étaient prononcés. Et puis… et puis… le voilà : mon gros problème, *Portrait de Pierre.* Plein écran, grossi par PowerPoint, le visage de Pierre, immense et sérieux, planait en hauteur. C'était le moment de vérité. Mes oreilles se sont dressées comme des parachutes, comme si je tombais de la stratosphère pour redescendre sur la Terre.

Pierre s'exprimait d'une voix forte maintenant.

– Un tableau devrait être une chose unique, une naissance, une nouveauté offerte au monde. Les tableaux d'un artiste sont une manière pour lui d'affirmer son identité.

Ses paroles atteignaient directement l'intérieur de mon être, traversaient ma peau, mes poils, frappaient mes atomes les plus profonds, les réordonnaient.

— Un artiste vraiment original s'inspire du monde qui l'entoure mais surtout du monde qui habite son cœur.

Pierre a désigné le portrait sur l'écran.

— Ce tableau est mon préféré, vous vous en doutez. Je me rappelle très bien le jour où mon père a décidé de faire mon portrait. Nous avions des invités et j'étais assis au bout de la longue table du déjeuner. Mon père m'a observé un instant, s'est imprégné de la lumière et des couleurs. J'avais éveillé son imagination. Il m'a peint pendant que les autres mangeaient. Je me sentais important. C'est mon tableau préféré pour de nombreuses raisons.

Pierre, ce très vieux monsieur voûté, s'est retourné et a contemplé longtemps le portrait grossi sur l'écran.

Qu'avais-je fait ? Une affreuse culpabilité courait dans mes veines. J'avais l'impression de respirer de la lave brûlante. J'avais volé ce gentil vieillard. Je n'étais qu'un sale tricheur, un faussaire, un vaurien… un voleur !

Je suis sorti de l'auditorium et j'ai demandé à M. Kramer de prévenir le policier que je l'attendais dehors. La voiture de police n'était pas fermée à clé. J'ai ouvert la portière et je suis monté dedans.

20

Peu après, le policier a dévalé les marches deux à deux, a regardé par la fenêtre de la voiture et m'a fixé des yeux :

— Tu es un gaillard difficile à attraper, a-t-il dit en grimpant dans l'auto.

— Je me rends. Vous pouvez m'emmener.

— T'emmener où ?

— En prison, en salle de torture, où vous voudrez.

Il a eu l'air intrigué.

— Ah, euh... à cause de ta fuite ? Tu as joué au gendarme et au voleur. Je faisais pareil à ton âge et, en vérité, je continue, sauf que maintenant c'est moi qui cours derrière. (Il a ri.) Je suis le commandant John MacGuire. Sympa, hein ? Tu veux porter ma casquette une minute ?

Porter sa casquette ?

— Non, monsieur. Je veux en finir. Emmenez-moi tout de suite au poste.

— Il faut que je te parle.

Nous savions tous les deux que j'avais fauché le chef-d'œuvre. De quoi voulait-il qu'on parle ?

— Monsieur, je préférerais que nous parlions quand nous serons loin du musée.

Le commandant MacGuire a plissé le front.

— Embarquez-moi. Je suis prêt. Au poste de police, j'aurai droit à un coup de téléphone, n'est-ce pas ?

— Les criminels ont droit à un coup de téléphone.

— Et les voleurs de tableaux ?

— Également, je suppose.

— J'appellerai ma mère de là-bas. Je tiens à vous dire tout de suite qu'elle est innocente.

— J'ai un peu de mal à suivre. Mais, en parlant de mères, la mienne dit beaucoup de bien de toi. Elle pense que tu es un génie de la peinture.

— Votre mère ?

Il a pointé le doigt vers Prudence, qui était debout derrière la porte vitrée du musée. Elle a vu que nous la regardions et elle nous a envoyé un bisou.

— Je croyais qu'elle t'avait prévenu de ma visite. J'aime peindre à mes moments perdus et j'espérais que tu me donnerais quelques tuyaux.

— Sur la peinture ? Vous m'avez poursuivi à travers tout le musée, rien que pour avoir quelques tuyaux ?

Un bip a résonné dans la radio de bord.

— Commandant MacGuire, vous me recevez ?

Le commandant a appuyé sur un bouton.

— Ici MacGuire. Je vous reçois.

— Vous êtes attendu au commissariat, mon commandant. Le séminaire sur la peine de mort pour les délinquants juvéniles va commencer. À vous.

— Je serai là dans cinq minutes. Terminé.

Il a ajouté en secouant la tête :

— Quelle barbe. Dommage que j'ai perdu tout ce temps à courir après toi. J'aurais aimé te parler d'art, mais maintenant il faut que j'y aille. Je peux te déposer quelque part ?

— Au fond d'un précipice ?

— Ha, ha ! (Il a mis la clé de contact.) Je vais te demander de descendre, Matisse. Je dois partir.

Qu'est-ce que j'étais censé faire ? Chaque fois que j'étais prêt à passer aux aveux, personne ne voulait m'écouter.

— Alors, c'est tout ? ai-je dit. Vous allez au commissariat et je suis libre ?

— Ouaip. (Il a ouvert la boîte à gants et m'a passé un badge en plastique et une paire d'affreuses lunettes de soleil.) Si tu descends de la voiture, tu auras droit à autre chose, qui va vraiment te plaire.

Je suis sorti sur le trottoir, sous la pluie.

Le commandant MacGuire a allumé le gyrophare et la sirène. Iooouuaouaouaouaou. Puis, pour couronner le tout, il a dit dans le haut-parleur :

— Matisse, tu es en état d'arrestation. Les mains en l'air !

Il a attendu quelques secondes, puis :

— Je plaisante. (Il a rigolé dans le micro.) Cool, non ?

Il a démarré en laissant hurler sa sirène, juste au moment où un camion arrivait. Sur le côté du camion, on lisait l'inscription :

TRANSPORT D'ŒUVRES D'ART

Je savais ce qui me restait à faire. Tant pis pour les conséquences. Je me voyais déjà condamné à des travaux d'intérêt collectif, obligé de balayer les rues le week-end avec un bracelet électronique à la cheville.

Je devais rendre le tableau à Pierre.

21

J'ai couru à la maison. Rien ne pouvait m'arrêter, pas même la pluie qui me cinglait le visage. Le *Portrait de Pierre* allait réintégrer le musée, coûte que coûte.

Notre impasse s'était transformée en véritable rivière. J'ai aperçu Toby qui tapait à sa fenêtre et me faisait signe de venir. J'ai continué à courir.

Il n'y avait personne chez moi quand je suis arrivé. J'ai grimpé dans ma chambre à toute allure et j'ai ouvert le tiroir de la boîte en bois. Pierre y était toujours.

— Il faut qu'on parle. (Je l'ai redressé pour pouvoir le regarder dans les yeux.) Je ne vais pas te dire que je regrette que ce soit fini ou que c'était génial de t'avoir chez moi parce que, franchement, plus tôt tu seras parti, mieux ce sera. Nous avons eu quelques aventures que je n'oublierai jamais de ma vie, mais tu dois vraiment t'en aller maintenant. Tu es devenu un vieil homme charmant et je ne veux pas te rendre triste. Et la vie de hors-la-loi que je mène en ce moment n'est pas pour moi. Je veux que ça s'arrête. Disons-nous au revoir, faisons ce que nous avons à faire et puis c'est tout. Alors, adieu.

Et j'ai fermé le tiroir.

Il restait une case inachevée sur le dessus de la boîte. J'ai calé mon nouveau badge de police de biais dans l'espace vide.

On a sonné à la porte. C'était Toby.

— Je suis venu t'aider, a-t-il dit en entrant. Ta mère a appelé pour demander si tu étais chez moi. J'ai pensé qu'il y avait du grabuge. Alors, me voilà.

— Qu'est-ce que tu lui as répondu ?

— Je ne lui ai pas vraiment dit que tu étais chez moi, j'ai juste dit que tu étais… dans les parages. Elle a fait « Bon, au revoir ». J'ai pensé que tu… enfin… que tu ne voulais pas qu'elle sache ce que tu étais en train de faire. Donc, je suis venu t'aider. C'est tout.

J'ai saisi Toby par les bras et je l'ai secoué.

— Écoute, je ne veux pas t'attirer d'ennuis. Je suis le seul responsable, tu n'y es pour rien. Tu as été un supercopain, point final. D'ailleurs, il faudra bien que quelqu'un soit là pour m'apporter mes devoirs de classe quand je… quand je… Bref, tu me comprends.

— Si tu vois les choses comme ça…

Toby m'a suivi dans la cuisine. J'ai pris des sacs en plastique et du ruban adhésif pour protéger le tableau de la pluie.

— Puisque tu es encore là, tiens-moi ça. Je reviens tout de suite.

Je suis monté chercher Pierre. J'ai ouvert le tiroir une dernière fois.

— Ce coup-ci, ça y est. Allons-y.

Pierre était prêt.

En redescendant, j'ai senti une odeur de plastique.

— Toby ?

Je ne le voyais nulle part. Peut-être qu'il avait décidé de partir, après tout.

— Eh, Toby ?

— Je suis aux toilettes, a dit Toby. J'arrive.

— Grouille-toi. Je suis pressé.

Toby a jailli des toilettes comme une fusée.

— C'est quoi, cette odeur ? J'espère que ce n'est pas…

Il m'a emmené de l'autre côté du divan. Les sacs en plastique étaient sur la grille du chauffage au sol. Le ruban adhésif aussi.

— Toby !

— Aïe ! (Il a ramassé les sacs et les a relâchés tout de suite.) Ouah, ça chauffe vite, ces trucs.

J'ai ramassé l'adhésif. Il était tellement brûlant qu'il avait fondu.

— J'ai d'autres sacs chez moi, a dit Toby.

— Pas le temps.

J'ai déniché deux parapluies dans le placard du hall. J'ai commencé à en ouvrir un.

— Ça porte malheur, a dit Toby.

— Faut que je vérifie s'il fonctionne.

— Ouais, n'empêche que ça porte malheur d'ouvrir un parapluie dans une maison.

— Au point où j'en suis, rien ne peut être pire.

J'ai ouvert le parapluie. Ça s'est bien passé pendant les premières secondes, puis il a continué à s'ouvrir de lui-même et a fini par se retrousser pour former une tulipe orientée vers le plafond.

— Raté.

— Je t'avais dit que ça portait malheur.

J'ai voulu ouvrir le deuxième, mais Toby me l'a arraché des mains et l'a ouvert dehors. Résultat impeccable, à un détail près : il était juste assez grand pour abriter un gosse de deux ou trois ans.

— Faut trouver autre chose, ai-je dit.

— Pourquoi pas des couches de Man Ray ? On

les enveloppe autour de la boîte et on court à toute blinde, a proposé Toby.

— J'ai une autre idée.

Par la fenêtre, j'ai regardé les barbecues de papa cadenassés sur la terrasse.

— Pas question ! a-t-il dit.

— Si !

Toby a souri comme Till l'Espiègle.

Le barbecue à sanglier était trop grand. Le barbecue à poulet, trop petit. Mais le barbecue à cochon était parfait. D'ailleurs, je l'avais déjà poussé.

J'ai pris les clés des cadenas dans le tiroir et je les ai agitées en l'air. Puis j'ai imité maman :

— Chéri, j'espère que tu as ton permis de conduire.

Toby et moi, on a éclaté de rire.

On a pris des serviettes de toilette dans la salle de bains. On en a utilisé une pour emballer la boîte de Pierre et une autre pour tapisser l'intérieur du barbecue. On a fermé le couvercle et on a fixé une lampe torche dessus pour nous permettre de voir où on allait.

J'ai détaché le barbecue de la rambarde.

La pluie avait redoublé d'intensité. Ç'a été beaucoup plus difficile qu'on ne croyait de sortir l'engin de la terrasse et de lui faire franchir le portillon. Dès que j'ai mis l'engin en position face à la pente, il s'est mis à rouler. Pas moyen de l'arrêter.

Toby a été pris par surprise.

— Je ne t'ai pas entendu dire « Partez ! »

— Je n'ai rien dit. Il est parti tout seul.

— Bien, capitaine, a dit Toby en faisant le salut militaire.

Dans la deuxième moitié de la descente, le barbecue a pris de la vitesse.

— Ralentis ! a crié Toby dans mon dos.

— Je voudrais t'y voir !

Je me penchais en arrière pour retenir le truc. Mes Converse étaient vraiment stylées, mais elles étaient aussi glissantes qu'une toile cirée. À chaque tour de roue, je devais faire dix pas pour suivre l'allure. Le barbecue dévalait la pente comme un rocher géant.

— Va devant ! Aide-moi à ralentir ce machin ! ai-je crié.

— Je fonce, vieux !

Toby a piqué un sprint. Il a dépassé le barbecue et lui a fait une queue de poisson.

De mon côté, je freinais des deux pieds. J'avais l'impression de faire du ski nautique.

— Et maintenant ? a lancé Toby par-dessus son épaule.

— Penche-toi en arrière et bloque le barbecue !

Il a levé les pouces et s'est mis en action. Il a raccourci ses foulées et s'est laissé rattraper par le barbecue. Il a plaqué son dos contre la coque, a empoigné les côtés du barbecue et enfoncé ses talons dans le trottoir.

Ce n'était pas la meilleure idée du monde, mais je ne trouvais pas mieux.

— Matisse ! Au secours !

Si cet engin ne virait pas rapidement vers la gauche, Toby allait se prendre en pleine poire la haie en bas de la côte.

J'ai déporté mon poids vers la gauche. Mes baskets laissaient un sillage dans l'eau comme sur un lac.

— Toby ! Tiens bon !

— Aaaaaaahhhhhhhhhh !

Toby a levé les pieds et plié les jambes devant lui pour qu'elles lui servent de pare-chocs.

On a évité la haie à quarante kilomètres à l'heure. Le panneau stop, à quatre maisons devant nous, se rapprochait. Vite.

Mon corps bondissait tellement que j'ai cru que ma tête allait se détacher. Au lieu de continuer en ligne droite, nous nous sommes mis à godiller pour essayer de réduire l'allure. Nous avons terminé notre course juste devant la dernière maison, au prix d'un dernier virage qui nous a fait tourner sur nous-mêmes et nous nous sommes retrouvés dos au stop.

Toby a bondi à terre, a sautillé quelques instants, puis a shooté dans un ballon de foot imaginaire.

— Yaouuuuuh! Je crois que tu m'as sauvé la vie, mec.

— Ouais, Toby, il était moins une.

— Tu es mon meilleur copain, Matisse.

— Toi aussi, Toby. Aide-moi à redresser ce truc.

Nous avons pointé le barbecue en direction du musée. La route était plate et le bâtiment n'était plus qu'à quatre cents mètres.

Nous sommes restés silencieux un instant, puis Toby a dit :

— Bon, je peux te laisser maintenant, l'artiste. (Il s'est tourné pour repartir.) Allez, à plus tard. D'accord ?

— D'accord. Je te raconterai.

— Tchao, l'artiste.

Le barbecue s'est bien comporté sur le reste du chemin, mais, quand je suis arrivé à destination, le musée était fermé. Quelques voitures démarraient. L'une d'elles était celle de maman. Elle ne m'a pas vu.

Je n'allais pas me laisser arrêter par un musée
fermé. Il y avait toujours quelqu'un. Ils seraient bien
obligés de me laisser entrer. J'ai poussé le barbecue
devant l'entrée du personnel et je l'ai garé sous
l'auvent. J'ai retiré mon blouson mouillé.

J'ai retenu mon souffle et j'ai ouvert le couvercle.
Un peu d'eau avait filtré sur les bords du barbecue.
La boîte n'avait pas bougé. Je l'ai sortie. Tout était sec,
propre, parfait.

22

J'ai frappé à la porte de derrière pendant quelques minutes.

Finalement, j'ai entendu une voix à l'intérieur :

– Le musée est fermé.

– Il faut que j'entre. C'est important.

– Qui est là ?

– Matisse.

– Je suis M. Snailby. Ta maman vient de partir.

Voilà donc où était passé M. Snailby : il était maintenant veilleur de nuit, ce qui lui permettait de ne pas rester debout trop longtemps.

– Comment vont vos jambes ? ai-je demandé.

– Bah, on fait aller. Je prends ma retraite. C'est ma dernière nuit.

– C'est ma dernière nuit aussi. Vous pouvez m'ouvrir ?

— Je n'ai pas le droit de laisser entrer qui que ce soit.

— Mais… c'est moi !

Silence. J'ai appuyé ma joue contre la porte.

— J'ai fait quelque chose, monsieur Snailby, ai-je avoué à travers le métal. Il y a quelque chose que je dois vous dire. Mais, pour ça, laissez-moi entrer.

J'avais menti à M. Snailby pour qu'il sorte de la salle des Matisse pendant que j'essayais de tout réparer. Et, une fois de plus, j'étais en train de lui demander de faire quelque chose de mal. Je ne me sentais pas bien dans ma peau.

— Tant pis. Laissez tomber, monsieur Snailby. Vous n'êtes pas obligé. Je comprends.

Il fallait que je trouve un autre moyen de rendre le tableau préféré de Pierre. Au moment où je faisais demi-tour, j'ai entendu un bruit de clé de l'autre côté de la porte, puis un bruit de verrous et de barre métallique qu'on retire.

M. Snailby a ouvert la porte. Il a regardé la boîte en bois dans mes bras.

— Qu'est-ce qui se passe ?

— C'est difficile à expliquer. Vous êtes là pour quelque temps ?

— Toute la nuit.

— Je suis pressé.

— Tu ne vas pas toucher aux œuvres d'art, hein ?
Je ne ferai plus jamais ça.

— Non. Elles sont trop importantes pour certaines personnes, ai-je répondu.

M. Snailby a réfléchi un instant.

— Bon, alors entre.

— Je vous raconterai tout à mon retour, lui ai-je dit en filant à l'intérieur.

Dans le musée, j'ai vu de la lumière en provenance de la salle des Matisse. J'ai couru dans le couloir. La salle était vide, complètement vide, à l'exception d'un homme qui conduisait un chariot élévateur chargé de caisses.

— Eh, tu n'as rien à faire ici. (Il avait une voix bougonne.) C'est fermé depuis deux heures.

Je suis reparti en vitesse.

— La sortie est de l'autre côté ! a-t-il crié.

Il y avait du bruit sur la plate-forme de chargement. J'y suis allé. Pierre — le vieux M. Pierre — était sur la passerelle. Il se dirigeait vers la sortie. Un homme l'aidait à marcher. Pierre avait mon tableau à la main.

Deux types costauds rangeaient et ficelaient des cartons dans le camion. Derrière le camion, il y avait une luxueuse voiture noire, avec les portières ouvertes. Trois personnes se tenaient debout à proximité.

Pierre descendait la passerelle, tête baissée. À chaque pas, de petites touffes de cheveux blancs sautillaient.

J'ai emprunté la passerelle à mon tour et je l'ai facilement rattrapé. Il parlait avec l'homme qui l'accompagnait. Je n'entendais pas ce qu'ils disaient, mais la conversation portait sûrement sur mon faux tableau. Je les ai dépassés et je me suis planté devant eux. Je haletais comme un chien.

Que faire ? Annoncer la nouvelle d'un seul coup, genre : « C'est moi, j'ai volé votre tableau » ? Mais, dans ce cas, il fallait espérer que l'accompagnateur ait le temps de rattraper Pierre avant qu'il ne tombe par terre sous le choc. Ou y aller en douceur, attendre qu'il soit assis ?

— Je peux t'aider ? a demandé l'homme.

— Je voudrais parler à M. Pierre Matisse.

— Oui ? m'a dit Pierre.

Il a fait signe à l'homme de partir. Ils ont échangé quelques mots, l'homme a pointé le doigt sur sa montre et il est retourné dans le musée.

— Oui ? m'a répété Pierre.

– Oh, hum… Monsieur… (Je lui ai tendu la main.) Bonjour, hum… je suis Matisse.

– Pardon ?

– C'est mon prénom, Matisse. Ça fait bizarre, je sais, mais ma mère m'a appelé comme ça en l'honneur de votre père.

– Ta mère ? (Il a réfléchi un moment.) Ah ! oui. Sue, la chef de la sécurité. Oui, oui, elle m'en a parlé. Matisse, Man Ray, Frida… très amusant. Je suis Pierre. (Il m'a serré la main, s'est penché, a plissé les yeux.) J'ai eu un pull comme ça.

J'avais encore un tee-shirt rayé.

Pierre a levé mon *Portrait de Pierre*.

– La preuve, a-t-il dit en montrant son pull rayé sur le tableau.

– Aaah… mouais. Euh… c'est… Quelle coïncidence. C'est justement de ça que je voulais vous parler.

Pierre a tenu le portrait juste à côté de mon visage. Ça grouillait dans mon estomac. Il a de nouveau plissé les yeux, puis a examiné le tableau.

J'ai fait la grimace.

– Évidemment, vous connaissez bien le tableau. (J'ai observé sa réaction. Il était extrêmement calme.) Ce que vous ne savez pas, c'est que… c'est moi.

177

Il a très bien pris la chose. Aucune colère dans ses yeux. Il m'a juste regardé attentivement.

— En effet, ce n'est pas seulement le pull, a-t-il dit finalement. (Il a étudié mon visage en détail.) Remarquable. La même tête. J'ai l'impression de me revoir à ton âge.

— Oui, le nom… la tête… le faux. Qu'est-ce qui va m'arriver ?

— Eh bien, mon jeune ami, je suppose que tu ressembleras à ce que je suis aujourd'hui quand tu seras vieux à ton tour. (Il a ri.) Je suis ton miroir à soixante-quinze ans de distance. (Il a approché sa figure de moi et a ri plus fort.) Ça te plaît ?

— Ça me plaît.

Son joyeux sourire de vieil homme m'a fait sourire aussi, mais juste une seconde. Il fallait que j'avoue la suite de l'histoire avant que mes boyaux ne se vitrifient sur place comme des pièces de collection. Mais, avant que j'aie pu parler, il a remarqué ma boîte.

— Magnifique. Je peux ?

Il a emporté ma boîte sur une table pliante à côté du camion et a examiné les cases que j'avais décorées. Il les a regardées de près. Il a ri en désignant son petit portrait sur le morceau de polystyrène, il a aimé la

Joconde avec la punaise, il a tapoté le badge du bout du doigt et il a admiré la cellule de prison miniature.

– Qui est l'artiste de cette boîte ?

– Oh, euh, c'est moi.

– J'ai besoin de mes lunettes. (Il m'a tendu mon faux Matisse.) Attention, tiens-le par les côtés, s'il te plaît. Je ne les laisse jamais mettre ce tableau dans une caisse quand l'exposition voyage, c'est très important.

Il a retiré ses lunettes de sa poche de chemise et les a mises sur son nez. Maintenant je comprenais pourquoi il était si calme. Il ne savait pas que le tableau qu'il m'avait passé était un faux, parce qu'il ne l'avait pas vraiment vu avec ses lunettes.

Il fallait que je recommence tout depuis le début. Et si je disais un seul mot qui ne soit pas le commencement d'un aveu, je serais un menteur et un lâche.

– Pierre... monsieur... j'ai un aveu à vous faire. J'ai commis un acte criminel idiot... qui vous concerne, pour tout dire. Qui concerne ce tableau, en fait. (J'ai brandi mon tableau de haut en bas.) Ce portrait n'est pas le vrai. Aussi délirant que ça paraisse, ce n'est pas le portrait que votre père a peint. Vous allez voir, maintenant que vous avez vos lunettes.

– Comment ? (Il a ajusté ses lunettes, a bien observé le tableau.) Non...

Il a eu l'air perturbé.

J'ai essayé de lui expliquer.

— Et alors les choses ont mal tourné très vite mais, bon, c'est moi qui l'ai peint et, d'accord, sur le moment j'ai été content de moi mais ce n'est pas ce qui compte. Ce que je veux vous dire, c'est que j'ai le vrai tableau. C'est l'essentiel de la nouvelle.

Tout en parlant, je tapais du doigt sur l'arrière du tableau et, à force, il s'est décroché de son cadre. Et vlan, il est tombé à terre, face sur le béton.

— Aaaahhh ! a fait Pierre.

Tout tremblant, il s'est baissé pour le ramasser, mais c'était trop bas pour lui.

— Ce n'est pas l'original. Tout va bien, Pierre.

Il m'a regardé, complètement paniqué.

— C'est une catastrophe ! a-t-il dit entre ses dents.

— Non, non, pas de panique. Ce n'est pas le chef-d'œuvre ! Regardez. (Je lui ai montré le dos du tableau.) Vous voyez, les mots que votre père a écrits ne sont pas là. « J'adore Pierre. Papa Matisse »... Pas là.

J'ai ramassé le tableau.

— C'était idiot de ma part, je sais. Mais celui-ci, c'est moi qui l'ai peint. C'est une copie.

J'ai cru voir de la fumée sortir des oreilles de Pierre.

— Où est mon tableau ? a-t-il dit d'un air autoritaire.

— Je l'ai. Il est en sécurité.

J'ai posé le cadre et le faux sur la table, et j'ai ouvert le tiroir secret de la boîte. Le portrait authentique était blotti à l'intérieur.

Pierre était affolé.

— Qu'est-ce que tu as fait ?

— J'ai copié votre portrait au musée. J'ai retiré votre tableau du cadre et j'ai mis le mien à la place. C'était juste pour voir, parce que l'alarme ne fonctionnait pas. Et puis elle a de nouveau fonctionné...

— Quoi ?

Il s'est cramponné au bord de la table. Il avait une respiration saccadée. Il s'est penché sur le chef-d'œuvre et l'a examiné de haut en bas, dans les moindres détails.

— Alors le personnel de sécurité est arrivé et je ne pouvais plus faire l'échange. Votre tableau a atterri chez moi. Ce n'était pas mon intention, j'étais terrifié, je vous assure. Au moins il n'a pas été mouillé pendant la fête, personne n'a marché dessus...

Pierre m'a lancé un regard horrifié.

J'ai continué à le rassurer.

— Non, non, il est intact ! Je veux dire, quelques personnes l'ont touché, il a échappé de justesse à un plumeau et le degré d'humidité n'était sûrement pas le bon… (Plus je parlais, plus il pâlissait, alors j'ai décidé de lui épargner les détails.) Donc, à part ça…

Il a soigneusement sorti le tableau du tiroir et l'a examiné encore. Il l'a retourné pour regarder le message de son père au dos. Puis il a respiré plus régulièrement et ses joues ont retrouvé leurs couleurs.

— J'en ai pris soin.

Il a posé le *Portrait de Pierre* original sur le cadre. Puis il a scruté mon visage, mais cette fois sans sourire.

— Ta mère est au courant ?

— Non, monsieur.

— Impossible.

— Ma mère ne sait rien du tout. Par pitié, ne la faites pas renvoyer.

Pierre avait nos vies entre ses mains. Soit j'allais être connu comme le garçon qui avait volé un chef-d'œuvre d'un million de dollars et fait licencier sa mère, soit il aurait pitié et nous laisserait la liberté. Il avait le droit d'être en colère jusqu'à la fin de sa vie, je ne pouvais pas lui en vouloir.

— Quelqu'un doit le dire à ta mère, a-t-il répondu finalement.

— J'ai essayé… oui, monsieur.

— Donc, nous avons trois options : soit c'est la police qui le lui dit, soit c'est moi, soit c'est toi.

Si le fils d'Henri Matisse disait à maman que j'avais volé un tableau de son père, elle imploserait. Si un policier le lui disait, elle se retrouverait menottée en un rien de temps avec son rejeton.

— J'ai commis une faute grave, ai-je répondu. Je ferai ce que vous me direz.

— Ta mère doit connaître la punition qui convient à ton méfait.

J'aimais mieux ne pas penser à ce que maman était capable de m'infliger.

— Oui, monsieur.

— Et je vérifierai pour être sûr que tu lui as tout dit. Tu as de la chance. Je vois que le tableau n'a pas été endommagé, mais tu es coupable d'un délit très sérieux, jeune homme !

— Oui, j'ai pris quelque chose qui vous appartenait. Je regrette. Je regrette de…

Je me suis interrompu : l'autre homme venait de sortir du musée. Il s'est mis debout à côté de Pierre.

Pierre a tapé sur le fourgon métallique du camion.

— Messieurs, venez ici tout de suite !

Les deux costauds qui étaient dans le camion ont rappliqué en vitesse.

— Il y a un problème ?

— Oui, un gros problème, a répondu Pierre en me regardant.

J'allais tout dire à maman, mais lui, il allait tout dire à ces trois malabars français.

— Pierre, ai-je supplié. Je ne recommencerai pas. Je vous le promets.

Pierre a gardé le silence un moment. Il a continué à me regarder, puis il s'est enfin adressé aux hommes :

— Ce tableau se détache de son cadre. Il faut le ranger soigneusement.

— Bien, monsieur.

Deux des hommes sont partis avec le cadre et le *Portrait de Pierre*. Le troisième est resté avec Pierre.

— Comme je l'ai dit, tu as de la chance. Tu sais pourquoi ?

— Parce que vous n'allez pas me faire arrêter ?

— D'une part. Et d'autre part parce que tu as du talent. (Il a désigné mes objets sur la table.) Celui-là, tu devrais le jeter à la poubelle.

— Oui. Tout de suite.

J'ai ramassé mon tableau et la boîte, et je me suis dirigé vers une poubelle, prêt à tout jeter, mais Pierre m'a retenu.

— Non, pas ça.

— Quoi ?

— Seulement ceci, a-t-il dit en me reprenant mon faux tableau. C'est une copie, ce n'est pas de l'art. (Il l'a jeté à la poubelle.) Cette toile ne vient pas de toi. (Il a caressé du bout des doigts les objets dans la boîte en bois.) Ça, tu dois le garder.

— Vraiment ?

— Oui, parce que ça vient de toi. (Il s'est penché vers moi et a posé sa main sur mon cœur.) Ça vient de là. C'est ce qui donne à ces choses une signification artistique. L'art qui vient de ton cœur, Matisse.

J'ai regardé ma boîte. Tous les petits compartiments étaient remplis d'objets que j'avais collectionnés, découpés ou fabriqués et assemblés pour que ça fasse joli.

— De mon cœur.

— Il n'y a que ça qui compte. (Il a gardé sa main sur mon cœur quelques instants. Puis il a tapoté sur ma poitrine.) Qu'est-ce que c'est que ça ?

J'ai baissé les yeux.

Et il m'a touché le nez du bout des doigts. Une pichenette.

— Je t'ai eu! (Il a incliné la tête et s'est tourné pour partir.) Je suis un collectionneur d'œuvres d'art originales de qualité. Ton travail m'intéresse. Au revoir.

— Au revoir, monsieur.

L'homme a aidé Pierre à rejoindre la voiture noire.

Tout en marchant, Pierre m'a fait un signe de la main, la main qui avait touché mon nez.

Il avait transformé une mauvaise action en bonne action. Simplement en tapotant ma poitrine. Il avait dit que ma boîte était de l'art. Mon cœur était dans chaque case. Et Pierre l'avait vu.

23

Quand j'ai enfin réussi à la convaincre que je disais la vérité, maman a piqué une crise de nerfs. Pendant que je lui racontais en détail comment le tableau d'un million de dollars avait passé la nuit chez nous, elle se tordait les mains, levait les yeux au plafond et, plusieurs fois, elle a même poussé des cris et secoué la tête dans tous les sens.

— Tu es privé de sortie pour six mois, a-t-elle dit.

Et elle s'est effondrée sur le lit.

— Aucune excuse, m'a dit papa. Tu es cuit.

Frida a été très contente d'elle.

— Je suis la gentille fille de la maison maintenant. Et toi, tu es quoi?

Être privé de sortie, ça ne m'embêtait pas. J'étais impatient de rentrer à la maison après l'école maintenant. Dès que j'avais fini mes devoirs, je m'installais à mon établi dans le garage au milieu de mes collections. Avec des fers à souder, des ponceuses, des vis, de la colle et toutes les fournitures que j'avais à ma disposition, je constituais mon propre musée. Je décorais des boîtes en bois et d'autres récipients, que j'appelais «Voyages». Il y en avait un pour chacun : Toby, Prudence, M. Snailby, M. Joconde, Lizzie, les membres de ma famille et, bien sûr, Pierre.

En pensant à maman, j'ai bordé une boîte en bois d'un tissu de la même couleur que la tenue des gardiens. J'ai fabriqué vingt chaussures miniatures en terre glaise, avec des ailes, et je les ai disposées dans la boîte comme une forêt. À l'intérieur de chaque chaussure, il y avait un petit panneau avec le titre d'un tableau célèbre. Et, sur les côtés et l'arrière de la boîte, j'ai fixé des yeux qui observaient tout. Le Voyage de papa était dans un petit bidon à essence. Au fond, j'ai mis des charbons de bois broyés et, sur la paroi arrière, un permis de conduire. Avec du fil de fer, j'ai façonné des crochets à viande et j'y ai suspendu des morceaux de bœuf séché. Et avec des lettres de Scrabble j'ai écrit : MANGEONS DE LA VIANDE.

Pour la boîte de Frida, j'ai fait en sorte qu'elle ressemble à l'intérieur d'un congélateur. Les étagères étaient garnies de faux plats préparés congelés, peints en violet. Sur l'étagère du haut, il y avait Elvis, éclairé par une guirlande lumineuse de Noël. Et j'ai ajouté une carte de fidélité qui l'autorisait à se servir de mes collections pour ses habits. La boîte en fer de Man Ray contenait des nounours en guimauve de toutes les couleurs entassés dans les pattes de King Kong.

En construisant les Voyages, je repensais aux moments les plus embarrassants que j'avais dû subir avec ma famille. Et, plus j'y pensais, plus je me disais que, au fond, c'étaient souvent aussi les meilleurs moments. Je n'étais toujours pas prêt à pousser le barbecue de papa au milieu de la rue, mais ça ne me gênait plus tellement que mes parents aiment parader avec cet engin.

Bien sûr, Toby a voulu m'aider dans la réalisation de son Voyage. Nous avons fait un moule en papier mâché de sa tête avec la bouche ouverte comme un poisson et nous avons laissé pendre un hameçon devant. Nous avons signé *Toby et Matisse*.

Lizzie s'est mise à fréquenter le garage aussi. Elle était moins méchante qu'avant. Elle a organisé une exposition de mes Voyages dans le préau de son école. Ma première exposition personnelle.

Pour Pierre, c'était simple. J'ai tapissé une gamelle avec mon tee-shirt rayé et placé dedans une petite table en bois. Sur la seule et unique chaise, j'ai mis une groseille et un tableau miniature de son père que j'ai peint moi-même. Et, en plein sur la table, j'ai posé les clous du cadre du musée qui me restaient. Quand j'ai eu fini, j'ai emballé le tout dans du papier brun et je l'ai envoyé à Pierre. Il m'a répondu en disant que la gamelle était magnifique.

En dessous des Voyages de maman, de papa, de Frida et de Man Ray, dans un endroit secret, j'ai écrit un message personnel, comme le vrai Matisse. Je les ai tous signés *Je vous aime. Matisse.* En prévision du jour (inimaginable) où quelqu'un s'amuserait à les copier à la perfection. À la perfection, sauf bien sûr pour l'essentiel.

NOTE DE L'AUTEUR

Ce livre est une œuvre de fiction, mais l'histoire s'inspire d'un tableau authentique, *Portrait de Pierre Matisse*, par Henri Matisse.

Henri Matisse (1869-1954) est l'un des plus grands peintres français de tous les temps, un maître de l'art moderne. Matisse a débuté d'une manière assez drôle et assez douloureuse. Il a d'abord fait des études de droit, puis un événement inattendu a changé sa vie – et le monde de l'art – pour toujours. Il a eu une crise d'appendicite et, pendant sa guérison, on lui a offert une boîte de peinture pour l'aider à passer le temps. «Dès l'instant où j'ai eu cette boîte de couleurs entre les mains, dira-t-il plus tard, j'ai compris que ma vie était là.» La suite, comme on dit, c'est de l'Histoire.

À vingt-deux ans, Matisse a abandonné le droit pour se tourner vers l'art. Ce n'était pas un artiste-né et, par deux fois, il a échoué au concours d'entrée à l'École des beaux-arts. Pour s'améliorer, exactement comme le personnage de ce livre, le vrai Matisse a copié des chefs-d'œuvre dans un musée.

Matisse est célèbre pour ses couleurs vives, ses motifs audacieux et son trait souple. Il voulait que ses tableaux paraissent simples, et cela lui a demandé beaucoup de travail.

Il a eu deux fils et une fille. Son plus jeune fils, Pierre (1900-1989), est devenu l'un des plus grands marchands d'art de New York. Le *Portrait de Pierre* a été peint en 1909. Pierre avait alors neuf ans. Ce n'est pas l'une des meilleures œuvres de Matisse, mais elle a une valeur personnelle pour Pierre, qui n'a été peint que deux fois par son père. Le portrait a fait partie de la collection privée de Pierre jusqu'à sa mort, à l'âge de quatre-vingt-neuf ans. Ce tableau a été prêté à différents musées pour des expositions rétrospectives sur l'œuvre de son père.

Bien que Pierre soit mort en 1989, il est un personnage important de ce roman, dont l'action a lieu de nos jours afin de pouvoir y inclure les derniers systèmes de sécurité de haute technologie.

Même si l'on a du mal à imaginer qu'un tableau puisse être dérobé dans un musée, cela se produit plus souvent qu'on ne croit. Les voleurs déjouent les systèmes de sécurité — ils entrent par les fenêtres, sautent du haut des verrières, se cachent dans des placards —, et parfois ils opèrent même en plein jour et subtilisent les tableaux sous les yeux des visiteurs. Ils découpent les toiles sur le bord des cadres et les enroulent dans leurs manteaux ou les prennent de force en menaçant les gens avec un revolver, ou alors ils commandent à des artistes de faire des faux et les vendent comme des originaux. Quatre-vingts pour cent des vols d'œuvres d'art sont commis par des employés des musées. On dénombre actuellement vingt-cinq mille œuvres d'art volées, y compris cent cinquante Rembrandt, cinq cents Picasso et plusieurs Matisse.

Même le tableau le plus célèbre du monde, *La Joconde* de Léonard de Vinci, a été volé au Louvre en 1911.

Vincenzo Perugia connaissait bien le Louvre pour avoir participé à la construction d'une vitrine destinée à protéger *La Joconde*. Il s'est caché dans un placard et, après la fermeture du musée, il a simplement décroché le tableau du mur et a découpé la toile le long du cadre. Il a dévissé la poignée d'une porte de sécurité et il est sorti avec *La Joconde* sous sa chemise. En voyant l'espace vide sur le mur le lendemain, les gardes ne se sont pas affolés. Chacun croyait que c'était un collègue qui avait déplacé le tableau. Ils supposaient que *La Joconde* était dans une autre partie du musée. Des jours plus tard, ils ont trouvé le cadre vide dans un escalier. Perugia a gardé la toile dans son appartement pendant deux ans. Il a été arrêté en essayant de la vendre à la galerie des Offices en Italie. Il a été condamné à sept mois de prison.

Remerciements

Je veux remercier Edward Necarsulmer IV pour avoir complètement changé ma vie.

Ce livre n'aurait pas pu être écrit sans l'inlassable soutien ni les bonnes idées de Camille Alick, Victoria Beck, Christine Bernardi, Laurie C. Lepik, Tracy Holczer, Leslie Margolis, Elizabeth Passarelli, Anne Reinhard et Angela Wiencek.

Merci à Donna Bragg pour avoir vérifié les points, les tirets et tous les détails qui permettent à une phrase de tenir debout sur une feuille de papier.

Un immense merci à ma mère et à mon père ; ils m'inspirent à tout point de vue, chaque jour.

Et je tiens à remercier particulièrement Wendy Loggia pour m'avoir donné une chance.